**오늘도 물욕과
밀당 중입니다**

소비로 짐칠된
나날에 대한 기록

글 · 그림 지모

오늘도 물욕과
밀당 중입니다

마시멜로

오늘도 물욕과 밀당 중입니다
차례

나의 첫 책《딸하고 밀당 중입니다》를 출간하고 얼마 지나지 않아,
한 출판사로부터 연락이 와 미팅을 잡았다.
담당자는 많은 기획 방향을 생각해오셨고,
그중 듣자마자 구미가 확 당기는 테마가 있었다.

'물욕과 밀당 중입니다.'

바로 이 책의 시작이었다.

'물욕'이라니!
이 단어처럼 나를 잘 표현할 수 있는
단어는 세상에 없을 듯하다.
제안을 받고 엄마에게 곧장 달려가 이야기했더니,
엄마의 첫 반응은 "오호호호호호호호호 오호호호호호호호"
말 그대로 빵 터진 웃음이었다.
"어머, 애! 너한테 딱이다! 딱 네 얘기네!"

불혹을 넘긴 나이지만,
여전히 예쁘고 힙한 물건 앞에서는
눈이 홱 돌아가는 나는,
나를 충만케 하는 유일한 욕구인 물욕이라는 단어를 듣는 순간
엔도르핀이 마구 솟아나며
책을 빨리 풀어나가고 싶다는 생각으로 머릿속이 가득 찼다.

물욕은 나로 하여금 또 책을 쓰게 했다!
이것만 봐도
물욕이 내 삶의 원동력이라는 사실을
알 수 있다.
물욕은 나를 움직이는 사악한 힘.

물욕은 소비의 기쁨과 죄책감 사이에서
나를 방황하게 하고
줄어드는 잔고와 늘어나는 물건 사이에서
나를 갈등하게 한다.
그렇게 물욕과 밀당을 하다 보면
타협점을 찾게 된다.
과소비는 내가 감당할 수 있는 선에서!
그런데 충분히 감당할 수 있으니까
과소비는 아닌 걸로?!

우리는 모두 인생에서 포기할 수 없는 게 하나쯤은 있다.
포기할 수 없는 그 하나 때문에
열심히 일하기도 하고, 살아가는 힘을 얻기도 하며,
관련된 지식과 경험이 깊어지기도 한다.
그렇게 우리의 삶은 풍요로워진다.
그리고 그것이 내겐 바로 물욕이라는 사실!

1장

꼬리에 꼬리를 무는 쇼핑

나만의 3대 욕구

무언가를 기대하거나
강하게 충족되기를 바라는 마음, 욕구.

인간의 3대 욕구는 수면욕, 식욕, 성욕이라고 한다.
잠이 주는 안락감, 음식이 주는 즐거움, 섹스가 주는 쾌락.
인간 보편의 행복일 것이다.

그런데 왜 나의 3대 욕구는 물욕, 소비욕, 쇼핑욕일까.

특히 나는 패션을 향한 욕구에 면역이 잘 되지 않는 유형이다.
옷과 신발 등에 '몰입 소비'를 하는 셈인데,
공들여 그런 것들을 사고 나면,
마음속 허기가 싸악 가시면서 기분이 즐거워진다.

누군가 "소비를 하면 더 행복한가요?"라고 묻는다면,
1초도 뜸들이지 않고 "네!"라고 대답할 수밖에 없다.

나는 진정 '소비한다,
고로 존재한다'의 화신이 아닌가?!

욕구 검사표

홀리한 득템

뜻밖에 좋은 물건을 발견했을 때,
그럴 때는 스피드가 생명이다.
뭔가에 홀린 사람마냥 재빨리
결제 버튼을 누르고 나면,
나의 득템력에 스스로 뿌듯해지기도 한다.

얼마 전에도 나는 득템을 했다.
일과 관련한 미팅을 끝내고 잠깐 짬이 나서 들렀던 매장에
신상 워커 부츠가 있었다.
나의 쇼핑 리스트에 들어 있지 않은 아이템이었지만
어느새 나는 카드를 꺼내 결제를 하고 있었다.

와~우 홀리X
결제해주세요

문제는 그다음부터 일어난다.

시크한 신발을 사고 나니,

러블리한 원피스를 매치하면 상반되는 아이템이

만들어내는 시너지가 멋있을 것 같았다.

쇼핑백에서 꺼내지도 않은 그 신발에 매치할

러블리한 원피스를 사야겠다는 생각이 머리를 스치자마자,

나는 자동반사적으로 휴대전화를 꺼내 들었다.

온라인 쇼핑 사이트를 뒤지니 마음에 딱 드는 원피스가 있었다.

주저하지 않고 결제 버튼을 눌렀다.

원피스를 사고 나니, 박시한(boxy) 재킷과 매치하면

내가 원하던 스타일을 완성할 수 있을 듯했다.

우선 나는 남편 옷장부터 열어 루즈한 느낌의 재킷을 찾았다.

불행하게도 마음에 드는 재킷은 계절에 맞지 않은 두께였다.

결국 나는 다시 해외 직구 쇼핑 사이트를 들여다봤다.

이처럼 즉흥적으로 산 신발 하나에

꼬리에 꼬리를 물고 득템을 하게 되는 게 바로

쇼핑의 딜레마가 아닐까.

무심코 득템한 신발 하나가

일으킨 파장은 엄청났다.

구두를 사면, 구두에 어울리는 원피스를 산다.
원피스를 사면, 원피스에 어울리는 재킷을 산다.

이렇게 쇼핑은 쇼핑을 부른다!

계획에 없던 지출을 할 때면,
마음속에서 번뇌가 차오르기도 하지만,
원하는 대로 스타일링을 하고 외출했을 때의 만족감이란
느껴보지 않은 사람은 절대 알 수 없을 것이다,
라고 합리화를 했다.

득템이란, 나에게 인간사의 일이 아니다.
지름신에게 '홀려' 신성한 힐링을 맛보는
'홀리(holy)'의 영역인 것이다.

"이게 뭐더라?", "언제 산 거지?"

옷장을 열 때마다 시작되는 수수께끼.

기적의 논리

나는 브랜드 상품을 좋아한다.
이유는 단순하다.
오래도록 입어도 질리지 않고
오랜만에 꺼내 입어도
올드하게 느껴지지 않기 때문이다.

어릴 때부터 패션에 관심이 많았던 나는
돈을 벌기 시작한 이후 마음에 드는 옷이라면 죄다 샀다.
처음엔 1만 원도 하시 않는 옷들을
여러 개씩 사 모으는 재미에 빠졌었다.
그런데 그 옷들은 세탁 한 번 하고 나면
모양이 변할 정도로 퀄리티가 너무 낮은 게 아닌가.
반짝 멋 내기용으로는 괜찮았지만,
여러 해 입기에는 지나치게 유행을 타 촌스러워 보였다.
그러다 월급이 늘면서 나는
'명품'이라고 불리는 것들을 하나둘 사 들이기 시작했다.
이전보다 씀씀이가 커진 것은 사실이다.

그런데 시간이 흘러 보니,
그때 비싸게 산 물건들이
10년이 지난 지금까지도 잘 쓰이고 있는 게 아닌가!

$$\frac{\text{}}{2006} = \frac{100}{10}$$

이게바로, 기적의 논리

그리하여 탄생한 '기적의 논리!'
물건값이 100만 원이고,
사용한 햇수가 10년이라면,
그 물건의 가격은 1년에 10만 원인 꼴!
참으로 합리적인 소비가 아닌가. ㅋㅋㅋ

돌려 막기

한 켤레의 신발이
원피스, 재킷, 기타 등등으로 이어지는
소비의 무한 증식……

그러다 보니 여러 개의 쇼핑백을 들고 집에 가는 날이 많았고,
당연히 가족의 눈치가 보일 수밖에 없었다.
결혼 전에는 쇼핑백을 들고 귀가하면,
"뭘 또 샀니? 그만 좀 사!"라는 엄마에게
"이거 오빠(남편)가 사준 거야"라는 거짓말을 밥 먹듯이 했고,
결혼 후에는 "뭘 또 샀어? 그만 좀 사라"라는 남편에게
"이거 엄마가 사준 거야"라는 거짓말을 밥 먹듯이 하며

마치 카드 돌려 막기를 하듯 거짓말 돌려 막기를 해왔다.

요즘은 거짓말의 레퍼토리를 바꿔서
새 옷을 입거나 새 가방을 든 나를 보며
"이건 또 언제 산 거야?"라고 남편이 물을 때면
"이거 원래 있던 거야"라는
새로운 거짓말로 위기를 모면하고 있다.
이마저도 약발이 떨어지면 댈 핑계는 수두룩하다.
"누가 사줬어" "이거 가짜야"
"이거 세일해서 샀어" 등등. ^^;;

이 글을 남편이 제발 보지 않았으면 좋겠다. ㅋㅋㅋ

시버 머니(Cyber Money)

꼬리에 꼬리를 무는 쇼핑으로 인해,
카드 결제 금액이 쌓이는 것은 당연지사.

결제일이 되면,
눈을 떴다 감았을 뿐인데 감쪽같이
사라진 통장의 잔고.
숨을 들이마셨다 내뱉었을 뿐인데
사라진 통장의 잔고.
분명히 내가 쓴 만큼의 결제 금액인데
마치 눈 뜨고 코 베인 느낌이 드는
사라진 통장의 잔고.

나는 이런 통장의 잔고를 보며
'시버(cyber) 머니'(발음 주의)라고 한다.

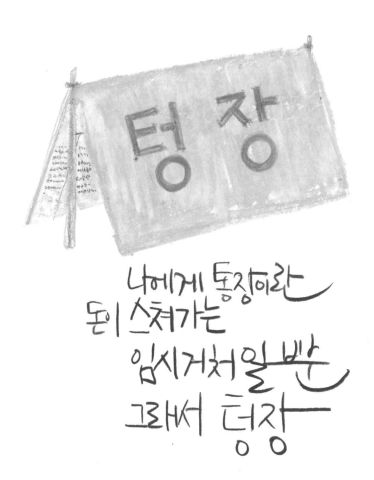

너무 사고 싶었던 신상 가방이 있었다.
하필 나의 잔고가 빈곤했던 때라,
그 가방을 사기에는 무리였다.
머릿속에서 시도 때도 없이
나에게 반갑다고, 또 보자고 인사하는
그 가방을 두고 몇 날 며칠 고민을 하다가,
내가 가지고 있던 가방들 중
우선순위에서 밀리는 가방들의 사진을 찍어 붙여,
메뉴판처럼 리스트를 만들어
친구들에게 돌렸다.
저렴한 가격에 팔 테니 득템을 하라면서 말이다.
지금 생각해도 말도 안 되는 가격에
8개의 가방 중 7개를 친구들에게 판매했고,
그 돈을 모아 신상 가방을 내 손에 넣을 수 있었다.
돈을 하나도 들이지 않고
득템을 하였으니,
이건 어찌 계산해도
0원에 가방을 산 격이다.

성수동에 팝업 스토어를 오픈한 어느 명품 패션 브랜드.
그곳에서 신상 컬렉션의 옷을 구매하면,
가방을 공짜로 준다는 소식을 듣게 되었다.
소식은 진작에 알았지만, 그 브랜드의 옷은
여성스러운 스타일이 대부분이라 시크하거나 편안하거나
독특한 스타일을 좋아하는 나에게는
어울리지 않을 거라고 생각했고,
게다가 명품 옷은 가격이 만만치 않기에 크게 동요하지 않았다.
그런데 친한 언니가 그 컬렉션의 옷을 구매하여
가방을 받았다는 이야기를 우연히 듣게 되었다.
놀랍게도 그 옷의 가격이 신발 가격밖에
하지 않는다는 사실도 알게 되었다.

곧장 친구들에게 연락을 하여 이러이러한데 이러이러하다고
소식을 전했더니 나와 똑같이
"어머, 이건 사야 해"라는 반응을 보였고,
결국 똑같은 옷을 나 포함 세 명이 사게 되었다.

그 옷을 추천하여 친구들도 기쁨을 함께 누리게 되었고,
결국 가방을 0원에 구매하였으니 이 얼마나 똑똑한 소비라 할 수 있나?

나에게는 말도 안 되는 논리로
모든 쇼핑을 이익으로 만드는
놀라운 계산법이 있다.

저 가방이 나에게
자꾸 반갑다고 인사를 하네.

오늘이 내 인생에서 가장 싸게 살 때

15년 전부터 쇼핑 목록에 넣어놓고
아직까지 갖지 못한 아이템이 있다.
주얼리 브랜드 C사의 팔찌다.
이 팔찌는 팔목에 찰 때나 뺄 때
전용 드라이버를 사용해야 한다.
아무래도 번거로울 것 같아
당시엔 선뜻 구매하지 못했다.

그런데 그 이후 팔찌는 매년 가격이 올랐고,
지금은 15년 전과는 비교도 되지 않을 가격이 되었다.
이제는 왠지 웃돈을 주고 사는 것 같아
더더욱 살 마음이 나지 않는다.
여자들이 좋아한다는 샤넬 가방도 마찬가지다.
2000년대 초반에는 200만 원 정도였는데,
현재는 1천만 원을 넘는다.
20년 사이 약 6배가 오른 셈이다.

딸을 낳고 출산 선물로 남편에게 받았던 클래식 백은
아직도 내 가방 중 1순위다.
오래전부터 가지고 있던 다른 가방들은
유행에 맞지 않아서 혹은 질려버려서
옷장에 치박아두거나 어디에 있는지 모르는 깃들이 대부분이다.

아싸~ 오늘도
득템

금전적으로만 본다면 샤넬은 분명 사치스러운 물건이다.
가방 하나에 천만 원이 넘다니!
그런데 감가의 관점에서 보면 다른 생각이 든다.
15여 년 전 약 200만 원에 산 가방을
여전히 멋스럽게 들 수 있으니 말이다.

'오늘이 내 인생에서 가장 젊은 날'이듯
'오늘이 내 인생에서 가장 싸게 득템할 수 있는 날'이다.

치솟는 물가에 깜짝깜짝 놀라는 요즘은 더더욱 그런 생각이……

애정과
증오의 교집합

나는 스스로를 '샤친년'이라고 부른다.
샤넬에 미쳤기 때문이다.

샤넬은 해가 갈수록 인기를 더해
옷이고 가방이고 신발이고 액세서리이고
원하는 걸 바로바로 살 수 없는 지경이 되었다.
샤넬런, 샤테크 같은 신조어들이 생겨난
웃픈 현상에 나도 일조하고 있어서
부끄러울 때도 있다.

몇 차례씩 이유 없이 가격을 올려
지금이 가장 쌀 때라는 생각이 들게 하고,
원하는 사람에 비해 물건을 적게 공급해
희소성 때문에 더 사고 싶게 만든다.
사람의 심리를 갖고 노는
샤넬의 마케팅에 포위된 내 자신이
한심하다는 생각이 들 때도 있다.

다만, 열심히 일한 나에게 주는 보상이
굳이 샤넬이어야 하는 이유는
샤넬만의 오리지널리티와 클래식함,
힙함이 공존하는 그 기막힌 디자인을
나는 사랑하기 때문이다.
아름다운 디자인에 가격까지 아름답다면
너무나 행복할 텐데,
사악한 가격의 샤넬. ㅠㅠ

나에게는 빠져나오지 못하는 개미지옥 같은
애증의 샤넬이다.

불쌍한 개미는 아무래도 쉽사리

개미지옥을 빠져나오지 못할 것 같다.

내 몸에 착붙

세상에는 수많은 브랜드가 있고,
각 브랜드마다 스타일이 다르며
지마다의 아이덴티티도 다르다.

그렇다면 가장 좋은 브랜드란 어떤 것일까?
대중들이 선호하는 브랜드?
세일을 자주 해서 고객들의 진입 장벽을 낮춘 브랜드?
아니면 불황에도 끄떡없다는 고가의 브랜드?

나는 '나다움'을 가장 잘 표현할 수 있는 브랜드라고 생각한다.
맞춤옷을 입지 않는 이상 내 몸에 딱 맞는 옷을 입을 수는 없지만,
나를 드러내는 데 가장 적합한 브랜드는 있다.

운명처럼
내 몸에 착붙

같은 옷이더라도 남들이 입은 것보다
내가 입었을 때 그 멋이 더 잘 표현되는 브랜드 말이다.
그런 브랜드의 옷은 내 몸에 저절로 '착' 붙는다!

그런 브랜드를 어떻게 찾느냐고?
내가 살고 싶고, 값이 떨어지지 않는 집을 찾으려면
열심히 임장을 다녀야 하듯,
나에게 맞는 브랜드를 찾으려면
이 옷 저 옷 최대한 많이 입어보는 수밖에 없다.
그러다 보면 운명처럼 다가온다.

내 몸에 착 붙는 옷이!

우린 운명이야

무엇에, 어떻게 소비하느냐에 따라
'나다움'의 총량이 늘어난다.

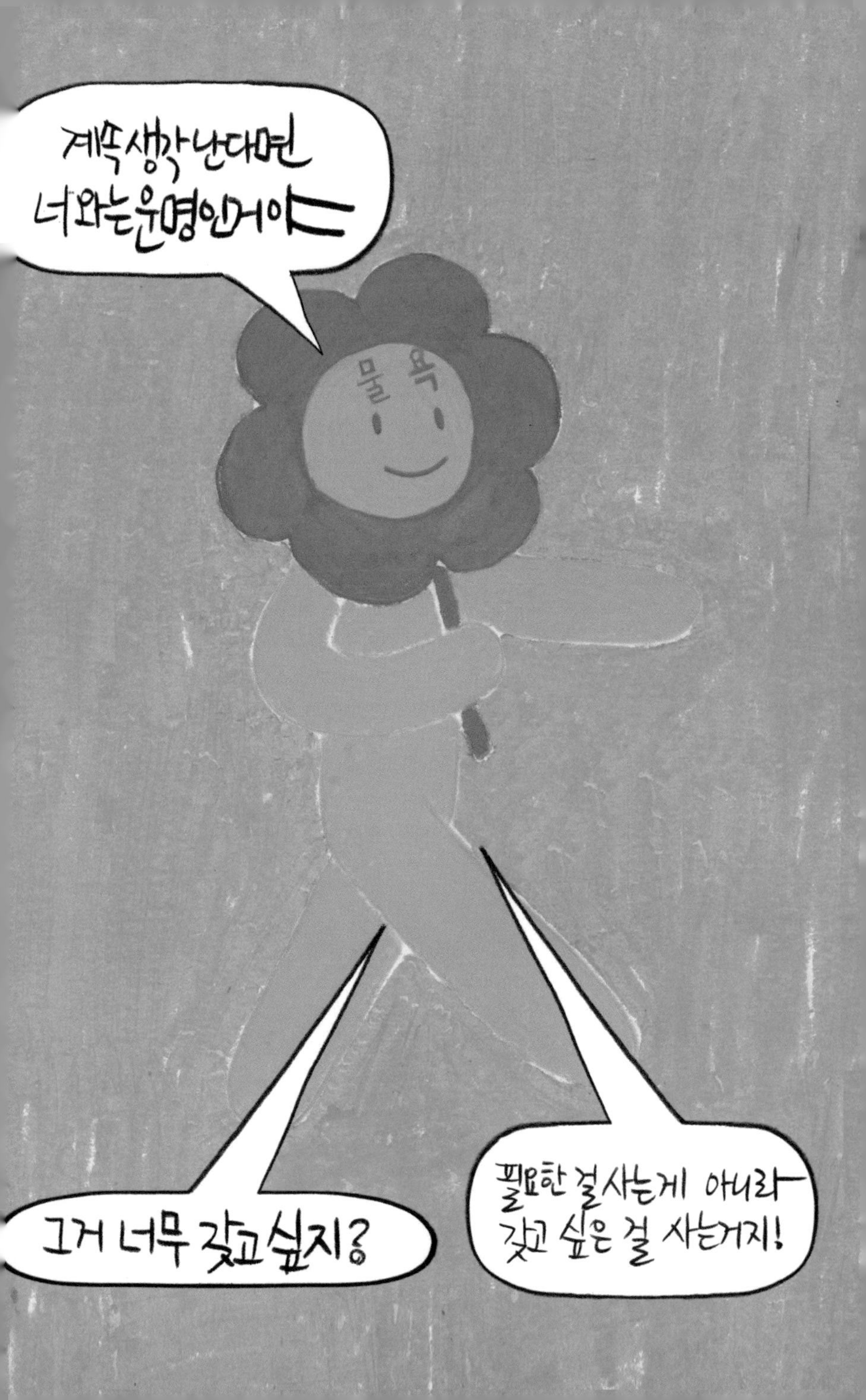
계속 생각난다면
너와는 운명인거야
물욕
그거 너무 갖고 싶지?
필요한 걸 사는게 아니라
갖고 싶은 걸 사는거지!

2장

쇼핑 의존증, 쇼핑의 존중

한번 시작한
쇼핑은 멈추기가
어렵다—

쇼핑 의존증 = 쇼핑의 존중

나에게는 동의어가 되는 마법

3개월 동안 이어진 프로젝트가 끝난 후
갑자기 시작된 어지럼증으로 3주간 고생을 한 적이 있다.
원인은 극심한 스트레스에 따른 이석증과
그로 인한 전정신경염이었다.
뇌의 혈류가 너무 빨리 흐르고 있어서라고 했다.
의사 선생님은 뭘 그렇게 애를 쓰고 사냐며,
지금의 80%만 신경 쓰고 살아도 충분하다고 하셨다.
행복 호르몬인 세로토닌도 너무 부족하다며,
약을 처방해주셨다.
이 병은 가만히 누워 쉬면서
전정신경이 회복되기를 기다리는 방법밖에는 없다고도 하셨다.
나는 원래 30분도 가만히 있는 걸 견디지 못하는 사람이다.
그래서 미용실이나 네일숍에 가는 것도 고통스러워 한다.
심하게 어지럽긴 했지만, 팔다리가 멀쩡하다 보니
가만히 누워만 있는 게 무엇보다 고통스러웠다.
매일 밤 뭔가 채워지지 않는
공허한 기분에 휩싸였다.
그렇게 무기력한 첫 일주일을 보내고 났더니,
다음 주부터는 서서히 적응이 되었다.

저녁 약에 들어 있는 항우울제도 도움이 됐는지
조금씩 에너지가 차오르기 시작했다.
얼른 회복해서 이것저것 하고 싶다는 생각으로 가득했다.
그러다 남편이 무심코 던진 한마디에 정신이 번쩍 들었다.
퇴근한 남편이 박스를 잔뜩 들고 집에 들어오며,
"하루 종일 누워서 할 게 없으니, 손가락으로 쇼핑만 하나 보네?
박스가 문 앞에 쌓여 있어!"
그때 깨달았다.

내 안에서 차오르고 있던 것은
바로 쇼핑 에너지라는 것을.

이쯤 되면 '쇼핑 의존증'이 아니라
'쇼핑의 존중'이라고 해야 하지 않을까.

Don't Ji-ral (돈, 지랄)

1년 365일 매일 그 욕구가 넘치는 건 아니다.
물욕이 넘쳐흐르는 시기를 가만히 생각해보면,
스트레스를 심하게 받았을 때다.

그런데 나는 갖고 싶었던 걸 갖게 되는 그 짧은 순간보다,
원하는 것을 찾아내어 그것을 갖기 위해
노력하는 과정을 더 즐긴다.

쇼핑은 일종의 게임과도 같다.
같은 물건이라도 싸게 파는 곳을 하나씩 찾는 것은
마치 게임에서 스테이지를 한 판씩 깨나가는 것과 같다.
수고로움은 있지만,
마침내 가장 싸게 파는 곳을 발견했을 때의 그 희열이란!
결제를 마친 후 찾아오는 그 짜릿함은
게임에서 마지막 스테이지를 깬 끝판왕의 기분과도 비슷하다고나 할까.

게임이 그러하듯, 쇼핑도 이런 과정을 통해
머릿속의 복잡한 생각들을 잊게 해주는 것 같다.

수렵시대의 사냥이라는 행위가 현대인에겐
쇼핑으로 재현된 것이라고 하니 내 욕구는 꽤나
원초적인 것일지도 모른다.

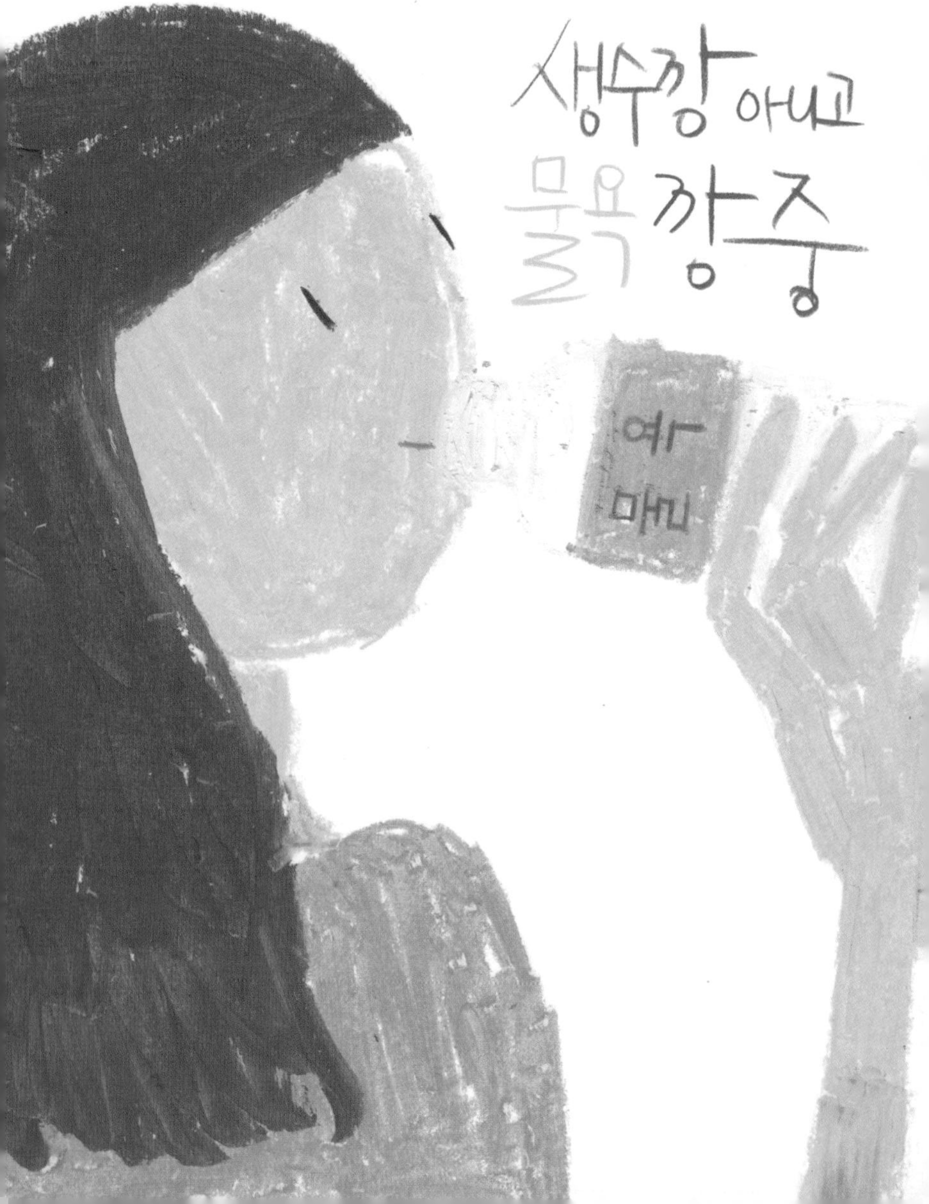
생수강 아니고
물욕 강중

내가 쇼핑에 빠지는 데는 '보상심리'도 있다고 본다.
'아니, 내가 이렇게 감정 소모를 하며 일을 했는데,
내가 번 돈으로 내가 좋아하는 것도 못 사?'

열심히 일하다 보면 몸도 마음도 소진된다.
그럴 때 쇼핑은 나에게
나쁜 감정을 희석시키며 평정심을 되찾게 해준다.

'돈지랄'을 통해 '지랄'을 막게 되는 효과.
돈지랄은 세상에서 제일 착한 지랄이다. ㅋㅋㅋ

마음속 어떠한 불순물도 희석시키는
순도 100% 물욕수(水)

이것이 바로
순도 100%。
물복수(木)

정신줄 유지 비용

나도 안다.
나의 소비욕이 누군가에게는
사치로, 허영으로, 철없음으로 보일 수 있다는 걸.
'저 정도면 돈지랄이지.'
'한심하군. 저렇게 헛돈을 쓰다니.'
부정적인 시선을 느낄 때도 있다.
그럴 땐 내가 번 돈 내가 쓴다는데 무슨 상관인가,
라고 손쉽게 생각해보기도 하지만,
이상하게 죄책감이라는 감정이 따라붙는다.

그래서 나는 이름을 바꿔 부르기로 했다,
물욕에 쓰는 돈은
'헛돈'이 아니라 '정신줄 유지 비용'이라고.
소비는 내가 정신줄을 붙잡고 살 수 있도록
온갖 잡념과 스트레스로부터
나를 지켜주는 유일한 방법인 것이다.

일단 사고 봐야 하는 이유

살까 말까 고민이 된다면 사야 한다는 게 내 지론이다.
고민만 하다 안 사면 두고두고 후회한다.
하지만 사고 나서 괜히 샀다는 후회가 들면
다음엔 같은 실수를 반복하지 않게 되는 것은 물론
무엇보다 물건이 남는다.

세일이라 쓰고
살래래고 읽는다

1. N	2. O	W
E	R	
R	V	
V		
E		
R		

가로1. '지금'
세로2. '아니면'
세로1. '절대'

라는 의미인 영단어

물욕에 관한 단어를 두 개 꼽자면,

NOW(지금)와

NEVER(절대).

늘 그 두 단어 사이에서 흔들린다.

지금 당장 지를 것인가.

절대 사지 않을 것인가.

Now or Never

원래는 '지금이 아니면 절대 못한다',
즉 지금이 유일한 기회라는 뜻이다.

억울한 사연

"이제 그만 좀 써."
"이제 그만 좀 사."
"그렇게 많은데 뭘 또 사?"
"정신 좀 차려."

왜 소비하기를 좋아하는 사람들을
대부분 부정적인 시각으로 바라보는지 모르겠다.
감당할 수 있는 선에서 소비하는 것은
나라 경제에도 도움을 주는 일인데 말이다.

누군가는 골프에, 누군가는 여행에, 또 누군가는 캠핑에 돈을 쓴다.
나는 물건에 돈을 쓰고 그들은 경험에 돈을 쓴다.
물질적 소비를 할 것인가
경험적 소비를 할 것인가의 차이일 뿐이다.
누구나 자신이 가치를 두는 것에는
욕심을 내기 마련인데,
단지 그것이 물질의 형태라고 해서
지탄을 받는다니
나는 좀 억울하다고 말하고 싶다.

소비는 때로 세상 돌아가는 걸
학습하는 방법이 되기도 한다.

한결 같은

참 이상하다.
같은 일을 오래 반복하다 보면 지칠 법도 하고
쇼핑도 할 만큼 해봤으면 질릴 만도 한데
어쩌면 이렇게 한결 같을까?

쇼핑할 때 난,
앞만 보고 달리지
마치 경주마처럼

물욕이의 성장 일기

내안에
너있다

내가
물욕 너
업어 키웠어

응! 최고!

좋아?

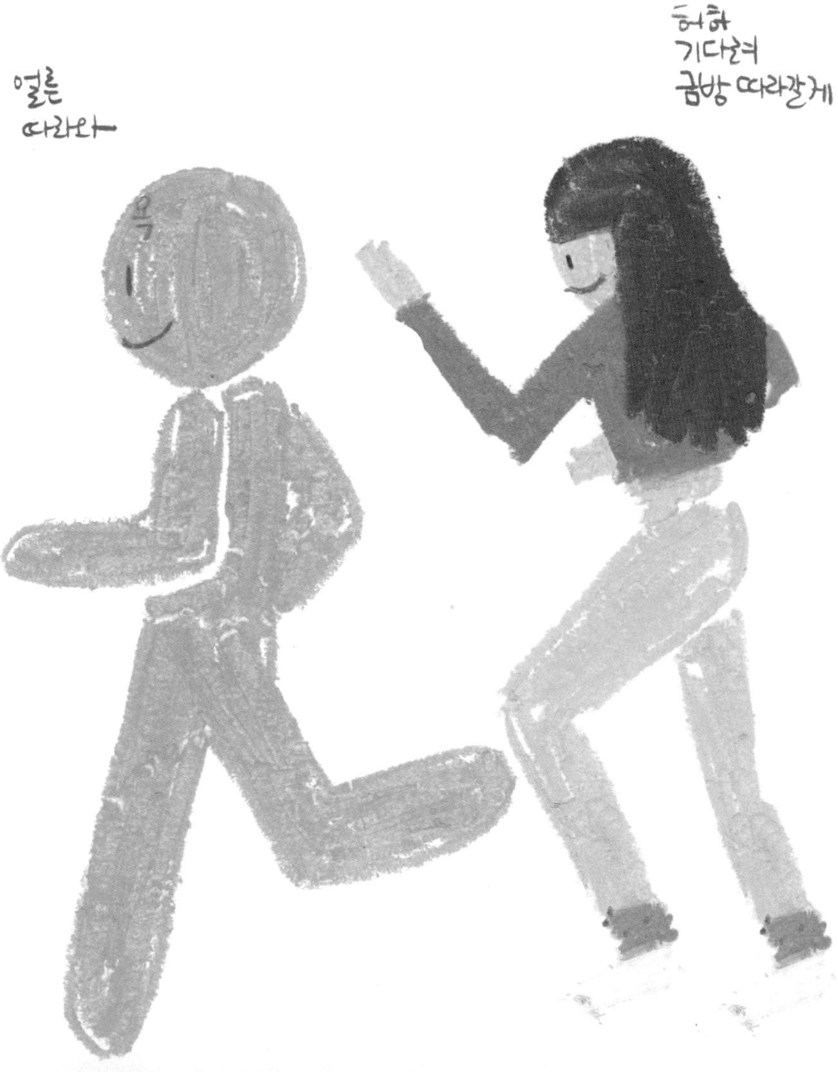
얼른
따라와
허허
기다려
금방 따라갈게

생긴 대로 살기

한때는 나도
무소유까진 아니어도
미니멀리즘을 지향했던 적이 있다.
물욕과의 밀당에서 대부분 지는 내가
부끄러웠기 때문이다.

결론부터 말하자면,
나는 물욕을 내려놓는 데 실패했다.
그동안 억눌렸던 욕구가 한꺼번에 폭발하며
심각한 부작용을 일으켰기 때문이다.
예상치 못했던 곳에서 소비 욕구가 터진다거나
예정에 없던 고액의 물건을 지른다거나 하는
이상 소비 현상을 일으켰다.

마치 물 만난
고기 너낌

생긴대로
살아야지

무조건 참는 게 능사는 아니다.
참다가 터지면 뒷감당만 힘들어진다.

그래서 내가 내린 결론은,
그냥 생긴 대로 살자…….

왜 요즘은 사람들을 MBTI의 다양한 유형들로 구분하지 않나?
그런 것처럼 물욕을 해소하는 방법도
사람마다 다르게 나타난다고 생각한다.
누군가 '물욕 MBTI'를 연구해 발표해주었으면 좋겠다.
나 같은 유형은 아예 '물욕 뿜뿜형'으로 인정되게 말이다.

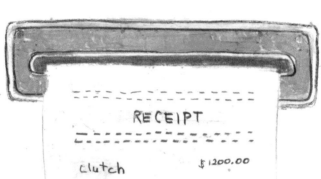

RECEIPT

clutch	$1200.00
boots	$980.00
Jacket	$2300.00
Shoulder bag	$3500.00
pumps	$1150.00
dress	$4000.00

THANK YOU

때로는 MBTI 성격 유형보다
쇼핑 목록이 나에 대해 더 많은 것을 알려준다.

3장

브랜드에 미친 X

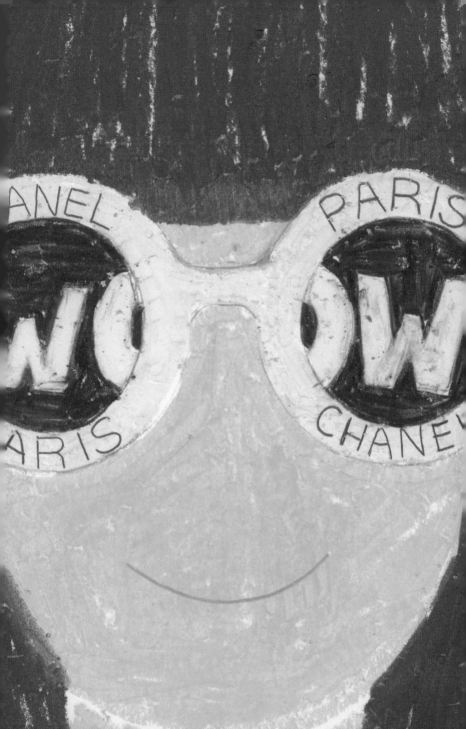

불치병

패션에 대한 나의 열정은
학교에 다니기 훨씬 전부터 시작되었다.

초등학교 입학 전 꼬꼬마 시절
나에게는 독특한 취미가 있었는데,
옆집 언니의 출근 룩을 매일 지켜보는 게 일과의 시작이었다.
특히나 신발에 대한 집착이 유난했다.
어떤 옷에 어떤 신발을 신었는지
얼마나 높은 굽의 힐을 신고 나가는지
그 모습을 지켜보는 게 그렇게 재미가 있었다.
그리고 아침에 봐두었던 옆집 언니의 신발을
종이에 그려 발밑에 깔아 신어보곤 했다.
물론 한 발짝도 걸을 수 없는
종이 신발일 뿐이었지만 말이다.
종이 신발로 만족했던 아이의 열정은
스무 살 성인이 된 후 부스팅되기 시작해,
사회초년생 시절에는 나에게 '이멜다 여사'* 라는
다분히 불명예스러운 별명까지 갖게 해주었다.

* 이멜다 여사는 필리핀의 독재자인 페르디난드 마르코스의 아내로,
엄청난 명품수집광으로 유명하다.

지금까지도 '지네병'으로 이어지고 있는
고쳐지지 않는 나의 불치병이다.

죽일놈의
지네병

발이 더
많았으면
좋겠어!

신데렐라 언니

딸을 낳기 전까지는 9cm 이하의 신발은 아예
신지 않았기에 내 키에 9cm를 더한 게
실제 키라고 착각하고 살아왔다.
하이힐을 신는 데서 오는 불편함은
감수하는 게 당연했다.

한 번은 디자인과 컬러가 모두 맘에 쏙 드는
굽이 10cm가 넘는 하이힐을 발견했다.
그야말로 라스트 원(last one)이었던 그 구두는
아쉽게도 내 발 사이즈보다 두 치수나 작았다.

결국 발 볼을 최대한 넓힌 후 그 구두를 사 들고 나온 나는,
억지로 발을 구겨 넣고 다니기 시작했다.
그 구두를 신을 때마다 발이 너무 아팠다.
발의 통증이 머리로 이어질 정도였지만
두통약을 먹어가며 통증을 견뎠다.

오리처럼 뒤뚱뒤뚱 걸어 다닐지언정
그 구두를 도저히 포기할 수 없었다!

뒤뚱뒤뚱
오리아범주의

작아도
신을 수 있다

신데렐라 언니
와 같은 마음

구두 하나에 대한 절절한 그 마음은,

발뒤꿈치를 욱여넣어서라도

구두에 발을 맞춰

자기 것으로 만들고 싶어한

신데렐라의 언니와도 같은 심정이었을까.

예쁠수록 불편하다, 이건 진리 아닐까.

힘들지만
예쁘니까
참을수있어

하이힐 모시기

감각적인 신입사원

신발 집착에 관련된 에피소드는 끝이 없지만,
지네병을 앓기 직전의 단계부터 말하자면,
신발이라고는 운동화가 전부였던
고등학교 시절로 거슬러 올라간다.
엄마 아빠가 사주시는 운동화 한 켤레를 쭉 신다가
작아지면 새것으로 바꾸고 할 때라
신발에 대한 욕구가 충족되지 못하던 시절이었다.
다른 신발을 신고 싶은데
마땅한 게 없어서 신발장을 뒤지다가
아빠의 오래된 회색 나이키 스니커즈를 찾아내
내 취향대로 신발 끈을 바꾸고 나니
너무나 마음에 드는 모양새가 되었다.
아빠 신발이다 보니 걸을 때마다 발이 헐떡거렸다.
그런데도 불편을 감수하며 그 항공모함 같은 신발을 신고
학교에 갔더니, 친구들이 예쁘다며 칭찬을 해줬다.

우연의 일치였겠지만 그 직후 신기하게도
큰 사이즈의 신발을 질질 끌고 다니는 유행이 불었고,
나는 내가 트렌드 세터라도 된 것마냥 조금 우쭐해졌다.

지네병 초기였던 대학시절을 지나
사회초년생이 되고 난 후
이놈의 지네병은 중기로 발전하게 되는데,
월급이 적어 명품 신발은 꿈도 못 꿨고
일찍 퇴근하는 날이면
잠실 지하상가나 문정동 할인 매장에 들러
마음에 드는 신발을 사서 집에 가는 게 루틴이었다.
하나둘씩 사 모으다 보니
가족 신발장의 8할은 내 신발들로 채워졌지만,
부모님도 꾸중하시지는 않았다.

직업 특성상 야근을 밥 먹듯 했지만,
새벽에 집에 돌아와서도 다음 날의 착장을 미리 정해놓고,
그 옷에 맞는 신발을 고른 후에야
마음 편하게 잠을 잘 수 있었다.
그런 일상이 반복되다 보니,
회사 동료들은 나에게
매일 밤 구두에 라커로 색을 칠하는 것은 아니냐며,
이멜다 여사라는 별명을 붙여줬다.
그렇게 나는 '형형색색의 신발을 신는 감각적인 신입사원'으로
각인이 되며 다양한 일을 할 기회를 얻었고
남다른 감각만큼 일도 잘하는 직원으로 자리 잡을 수 있었다.

나는 물욕만두
속은 물욕으로 꽉 차 있지

나는 일찍부터 발달했던
물욕을 통해 나만의 정체성을 찾았다.
이쯤 되면 나라는 인간은
물욕으로 빚어진 사람이라고 해야 하지 않을까.

해치지 않아요

고등학교 때까지는 무리에서 튀지 않고
다수의 친구들이 좋아하는 스타일,
즉 무난한 게 최고라고 생각했다.
대학생이 되고부터는 나만의 (독특한) 스타일을 고수했다.
그때만 해도 패션에 대한 사람들의 관심이
지금처럼 높지 않던 때라,
뚜렷한 개성은 오히려 이상해 보일 정도였다.
그래서였을까?
길거리에 내가 지나가면 신기한 걸 마주했을 때처럼
사람들의 시선이 집중되곤 했다.

청록색 재킷에 보라색 치마,
청록색 망사 스타킹에 보라색 신발을 매치한
'깔맞춤 보색 룩'으로 착장을 했던 어느 날이었다.
그날의 내 착장을 마음에 들어 하며 학교에 갔는데,
문을 열고 강의실에 들어서자마자
교수님이 나를 보고 깔깔깔 웃으시는 거였다.
"어머머, 내 친구가 말한 그 미친 X가 너였어???
아하하하하하 너무 웃긴다."
교수님은 휴대전화 속의 사진을 보여주셨다.
누구인지 선명하게 보이지도 않는
저세상 화질일 때였는데도

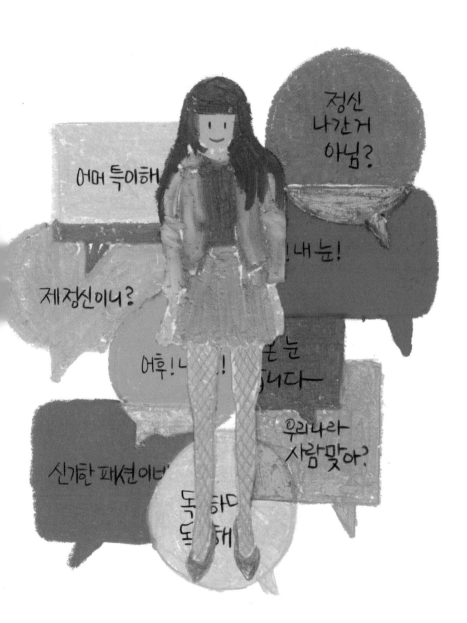

사진 속의 인물은 한눈에 봐도 나였다.
그날 아침, 교수님의 친구가 출근길 지하철에서
너무 특이한 룩의 '미친 X'를 봤다며
사진을 보내셨던 것이다.

세상 센 언니로 보이는
튀는 스타일을 고수하던 나였지만,
"아무도 해치지 않아요.
미친 X는 더더욱 아니에요"
라는 해명을 하고 싶었던 날이었다.

패션은 나의 정체성

패션에 대한 관심과 욕구는
나에게 본능에 가깝지만,
나를 어필하고 인정받는 방법이기도 했다.
나는 패션을 통해 나를 표현하고
나만의 정체성을 확립해왔으니 말이다.

사회생활을 하다가 공황장애가 시작되어
병원에서 상담을 받은 적이 있다.
그때 알게 되었는데,
내 마음 깊은 곳에는
타인에게 인정받고 싶은 욕구가 자리하고 있으며,
그것은 유년시절 엄마 아빠와 떨어져 살면서 생긴
불안의 트라우마와도 연관돼 있다고 했다.
아빠가 군의관으로 마산에 내려가시게 되면서
나는 서울에서 할머니와,
나의 쌍둥이 동생은 마산에서 엄마 아빠와 살았던,
세 살부터 여섯 살까지의 시절이 있었다.

IDENTITY

그 시절 내 마음 안에는
'엄마 아빠는 나보다 내 쌍둥이 동생을
더 사랑하고 예뻐하는구나'
라는 생각이 자리를 잡았을 거라고 했다.

그렇다 해도 결국 나에게 이 욕구는
내 정체성을 형성하며
긍정적인 작용을 했다.
그래서 지금은 내가 공황장애를 가지고 있다는 사실도,
어릴 적의 트라우마도,
핸디캡으로 여기지 않고
자연스럽게 받아들이고 있다.

물욕의 역사

학창시절 공부만 하던 쌍둥이와는 달리
어렸을 때부터 나는 꾸미기를 좋아했고
'옷 잘 입는 애'로 인정을 받기 시작했다.
성장하면서 나는 내가 미적으로 감각이 좀 있다는
사실을 깨닫게 되었다.
그리고 더 이상 나와 내 자매를 비교하지 않게 되었다.

내가 미대를 가고 싶어했던 건
패션 디자이너가 되고 싶어서였다.
미대를 나오신 엄마는 당신의 경험상
공부만 하는 게 제일 쉬운 거라고,
열심히 공부해서 전문직으로 취업할 생각을 해야지
괜히 힘든 길 가지 말라고 반대하셨다.
엄마의 반대로 고등학교 2학년이 되어서야
미술을 시작했지만
또, 결국 패션 디자인을 전공하지는 않았지만
운이 좋게도 적성에 딱 맞는 대학교에 진학하면서
패션에 대한 욕구가
제대로 기를 펴며 작두를 타게 되었다.
돌이켜보니 패션에서 시작된 나의 물욕은 이렇게도 역사가 깊다.

패션에
작두타기

fashion

생애 최고의 말

대학교 때 너무 존경했던 선생님이
해주신 말씀이 아직도 가슴에 콕 박혀 있다.
신생님은 미국에 쭉 계시다가
한국에서 디자인 회사를 경영하고 싶어 돌아오셨는데,
당시 수중에는 50만 원밖에 없으셨다.
중요한 클라이언트와의 미팅을 앞두고
밤새 고민을 하다가 그 돈으로 명품 슈트 한 벌을 사셨다고 한다.
선생님은 멋진 슈트를 입고 미팅을 가셨고,
결국 성공적으로 일을 따내 사업의 발판을 마련하게 됐다며,
디자이너는 일을 잘하는 것도 중요하지만
상대에게 어떻게 보이느냐도 똑같이 중요하다고 하셨다.
디자이너는 자신의 감각을 룩을 통해 표현해야 한다고 말이다.
내가 듣고 싶었던 말이라 그랬는지는 모르겠지만,
그 말이 지금까지도 가슴에 깊이 남아 있다.
평상시에도 그렇지만 프레젠테이션이나 미팅이 있는 날에는
내용뿐 아니라, 그날의 룩에도 엄청 공을 들인다.
그래서일까?
감각으로는 지금까지도 인정을 받으며 일하고 있다.

선생님, 고맙습니다!

엄마 되게 힙하대

딸아이에게는 유치원 때부터 친하게 지내는 친구가 있다.
초등학교 저학년 때, 딸아이의 친구는 엄마에게 이렇게 말했다고 한다.
"엄마, 내 옷 사러 갈 땐 꼭 샤니 이모(나)랑 같이 가서 골라."
"왜?"
"샤니 이모가 옷을 잘 입어서 샤니한테도 옷을 잘 골라 입혀준단 말이야."

내 첫 책에 인스타그램 아이디를 공개한 덕분에
딸아이의 친구들이 나를 많이 팔로우하게 됐다.
딸 친구들의 반응은 대부분 이랬다 한다.
"너희 엄마 되게 힙하셔."

힙한 엄마라니. ㅋㅋㅋ
너무 기뻤다!!!

엄마 되게 힙하대

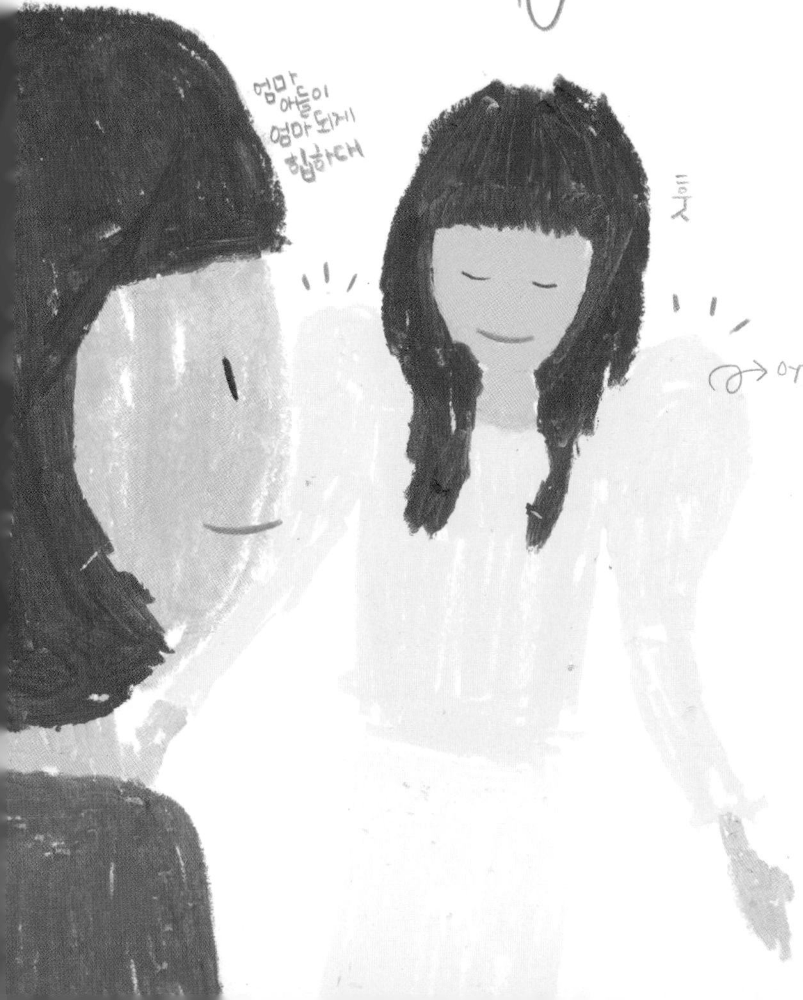

4장

맥시멀리스트의 삶

Maximal.List

- ☐ 딸램 옷
- ☐ 딸램 첫 신발
- ☐ 딸램 그림
- ☐ 딸램 일기장
- ☐ 처음 받은 선물
- ☐ 임신테스트기
- ☐ 첫 커플신발
- ☐ 임산부 옷
- ☐ 혼수 그릇
- ☐ 일기장
- ☐ 딸램 상장
- ☐ 내 상장

쟁여 두기

나의 물욕이 패션에 집중돼 있는 건 사실이지만

그렇다고 다른 부분에 욕심이 없는 건 아니다.

요리를 할 때도 그렇다.

음식이 남아 버리게 될까 봐 걱정하기보다는

음식이 모자라 사람들의 식욕이 충족되지 않을까 봐 걱정한다.

부족한 것보다 남아도는 것을 훨씬 더 선호한다.

당연히 냉장고는 1년 365일 내내 가득 차 있다.

몇 달간 장을 안 봐도 굶어 죽지 않을 만큼의

식량이 항상 구비돼 있다.

1mm의 틈도 없는 내 옷장 속에도 수많은 옷이

마른 오징어처럼 납작하게 눌려 잘 걸려 있다.

(나중에 내 딸한테 물려줘야지.)

가장 기본적인 의류인 속옷도

2주 동안 세탁기를 돌리지 않아도 문제없을 만큼 차고 넘친다.

생필품이라고 다를까.

비누, 샴푸, 치약, 휴지 같은 생필품부터 화장품과 영양제까지

나에게 필요한 모든 걸 서랍이 터지도록
쟁여두어야만 마음이 편~안해진다.

그러니 맥시멀리스트의 삶을 살 수밖에…….

배부르지만
챙겨둬야지

남에겐 정신없어 보이지만
나에겐 가장 안정적인 질서로 가득한
맥시멀리스트의 세상

어여쁜 쓰레기

남편의 말에 따르면,
나에게는 예쁜 쓰레기를 모아두는 습관이 있다.
〈세상에 이런 일이〉에 나올 법한 습관이라나.
남들 눈엔 쓰레기일지 몰라도
모든 물건에는 저마다의 의미가 있기에 함부로 버릴 수가 없다.
특히 딸과 관련된 물건은 도저히 버려지지가 않는다.
딸의 배냇저고리, 첫 걸음마를 떼던 순간에 신었던 신발,
딸이 성장하면서 입었던, 그 나이에 제일 예뻤던 옷과 신발은
누구에게 주지도 못하고, 그렇다고 버리지도 못하고 모두 간직하고 있다.
그 예쁜 물건들을 보고 있노라면
그 옷을 입고 그 신을 신었던 때의 딸의 모습이 떠오른다.
내 딸이 딸아이를 낳았을 때 물려주면 좋겠다는 생각도 든다.
딸이 고사리 손으로 한 장 한 장 그렸던
소중한 그림들도 창고에 한가득 들어 있다.
초등학교 내내 쓴 일기장도 전부 간직하고 있다.
1년에 한 번 꺼내볼까 말까 한 것들이지만
다시는 돌아오지 않을 그 시절,
딸이 성장해온 과정의 소중한 기록이다.
세월이 흐를수록 의미 있는 물건의 종류와 개수도 늘어
집 안 곳곳의 공간이 가득 차서
이제는 툭 건드리면 무너져 내릴 것만 같은 상태다.
더 넓은 집으로 이사를 가야 하나. ㅠㅠ

나만의 꿀타임

아침에 일어나 딸내미 아침밥 챙겨 등교시키고
설거지하고 집 청소하고 일하다 보면 어느새 하교 시간이다.
간식 준비하고 딸내미 챙겨주고 다시 일하고 나면 금세 저녁밥 때.
밥해서 먹이고 설거지하고 집 정리하고 일 마무리하고 나면
어느새 오밤중이다.

하루 종일 동동거리는 나날에 너무 지쳐서
힐링을 하고 싶은 땐 와인을 딴다.
한밤중 혼자 와인을 마시는 순간에는
내 모든 노동과 수고가 보상받는 느낌이다.
오히려 와인에 집착하지 않는 게 이상한 일 아닌가. ㅋㅋㅋ

술은 나에게 잠깐의 해방감을 허락한다.
다시 세상으로 나아갈 이를 위한 위로다.

Alcohol Fully

남편 말에 따르면,

나는 술을 잘못 배웠다.

"왜 그렇게 술을 급하게 마셔? 너무 공격적이잖아."

나의 답은 이렇다.

"술은 취하려고 마시는 거니까."

술 또한 내가 진심으로 좋아하고 최선을 다해 즐기는 것이라서,

나는 중간이라는 걸 모른다.

대부분은 끝장을 보고야 만다.

그래서 남편은 나의 음주를 마땅치 않아 한다.

불행 중 다행인 것은, 술자리를 함께 즐기는 내 주변 사람들은

마음이 넓고도 깊다는 것.

나의 주사를 사랑스럽게 봐주고 애교로 넘겨준다.

술에 취하면 나는 목에 확성기를 장착한 듯

몸짓이 과해지고 웃음이 격해진다.

CHILLING
HEALING
BEE MODE

치명적인 단점이라면, 아무리 취해도 기억이 다 난다는 것.
그래서 제정신이 돌아오면 이불을 차며 후회하곤 한다.
액션이 과해지는 것 말곤 크게 진상 짓은 안 하니
민망한 선에서 끝나 다행이라고 해도 될까?

I'M
WINE
THANK
YOU

떡볶이 수혈

회의를 하고 늦은 저녁에 귀가한 내게 딸이 물었다.

"엄마, 밥 먹었어?"

나는 귀갓길에 음식을 시킨 터였다.

"아니. 오면서 시켰어."

"뭐 시켰어?"

"뭐겠니?"

"떡볶이?"

"응."

"엄마 몸엔 피 대신 떡볶이 궁물(국물)이 흐르고 있을 것 같아."

떡볶이는 사랑이다.

매콤달콤하고 쫀득쫀득한 떡볶이를 먹고 있노라면

엔도르핀과 세로토닌과 옥시토신과 도파민이 마구마구 솟아난다.

맛있으면 0kal라는데 그렇다면 떡볶이는 아마 -1,000kal?

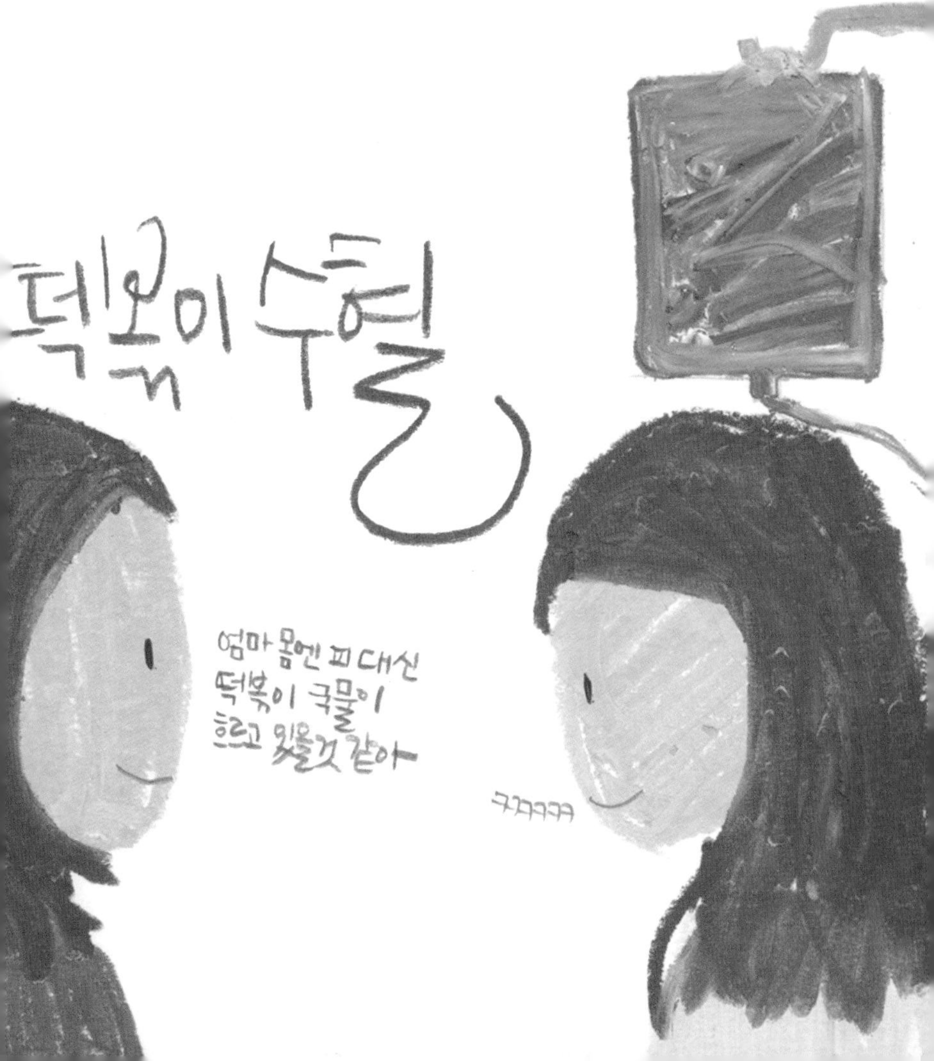
떡볶이 수혈
엄마 몸엔 피 대신
떡볶이 국물이
흐르고 있을것 같아
ㅋㅋㅋㅋㅋㅋ

한 번은 집에 배송 온 떡볶이를 보고
남편이 어이없어 한 적이 있다.
"냉장고에 잔뜩 있던데 무슨 떡볶이를 또 시켰어?"
떡볶이를 그리 좋아하지 않는 남편은
떡볶이라고 다 같은 게 아니라는 사실을
절대 이해하지 못할 것이다.
쌀떡인지 밀떡인지, 누들 형태인지 가래떡 형태인지,
양배추가 들어갔는지 파가 들어갔는지,
국물이 많은지 적은지,
양념 베이스가 무엇인지에 따라 맛이 달라지는
떡볶이가 얼마나 입체적인 음식인지를.

미세한 차이로 새로운 맛의 떡볶이가 계속 등장하는데,
어떻게 떡볶이에 질릴 수가 있을까!

뭐? 세상 모든
떡볶이가 똑같다고?

나한테
매운 맛 좀 볼래?

5장

중요하게 여기는 건
각자 다르니까

소비의
중심에는
나

소 비

귀고리 vs. 문신

아주 예전 일이다.
회사 동료가 내 샤넬 귀고리의 가격을
조심스레 물었다.
50만 원대라고 하자 그는
그렇게 큰돈을 어떻게 귀고리에 쓸 수 있냐며
화들짝 놀랐다.
얼마 후 그가 팔에 문신을 하고 왔기에
나 역시 궁금하여 가격을 물었더니
뿌듯해하며 80만 원에 했다고 말해서
크게 놀랐다.

돌이켜 생각해보면 놀랄 일은 아니다.
가치를 두는 부분이 서로 달랐을 뿐이다.
패션에 관한 한 나는 브랜드를 좋아하지만
다른 물건은 실용적이고 저렴한 것을 좋아한다.
그릇을 좋아하는 사람들이 많은데
나는 예쁜 그릇을 봐도 물욕이 생기지 않는다.
아마 요리를 못해서일 것이다.
게다가 손만 댔을 뿐인데 금이 가거나 이가 나가는 경우가 많아
좋은 그릇을 쓸 엄두가 나지 않는다.
음식이나 와인도 마찬가지다.

나는 와인에 집착하지만
비싼 게 최고라고 생각하지 않는다.
그보다는 부담 없는 가격의 제품을 선호한다.
애초에 내가 와인을 마시는 이유가
맛과 향을 즐기기 위해서가 아니라
취하기 위해서니까. ^^;;

"술은 취하기 위해서 마시는 것이다"라는,
세상에서 가장 훌륭한 격언도 있지 않던가?

나는 트렌드 세터도 아니고, 그럴 마음도 없다.
나에게 중요한 건,
내가 뭘 좋아하는지 알고,
자신에게 솔직해지는 것, 그뿐이다.

안티에이징보다 샤넬 백

한껏 꾸며 입고 나가 사진을 찍으며
OODT를 기록하는 것은
내가 집착하는 취미 중 하나다.
너무 즐거워서 집착하지 않을 수가 없다.
그런데 요즘엔 고개를 돌려 얼굴이 잘 안 보이거나,
손으로 얼굴을 가린 사진이 제일 마음에 든다.

내 정면 얼굴은
살이 축 늘어지고 다크 서클이 심하고 인중이 깊게 팬
뭉크의 〈절규〉 속 인물 같기 때문이다.
나이가 들수록 중력에 맞서는 힘이 줄어들어
피부는 지구의 중심을 향해 점점 처지고
그럴수록 의느님의 힘을 빌리게 된다.

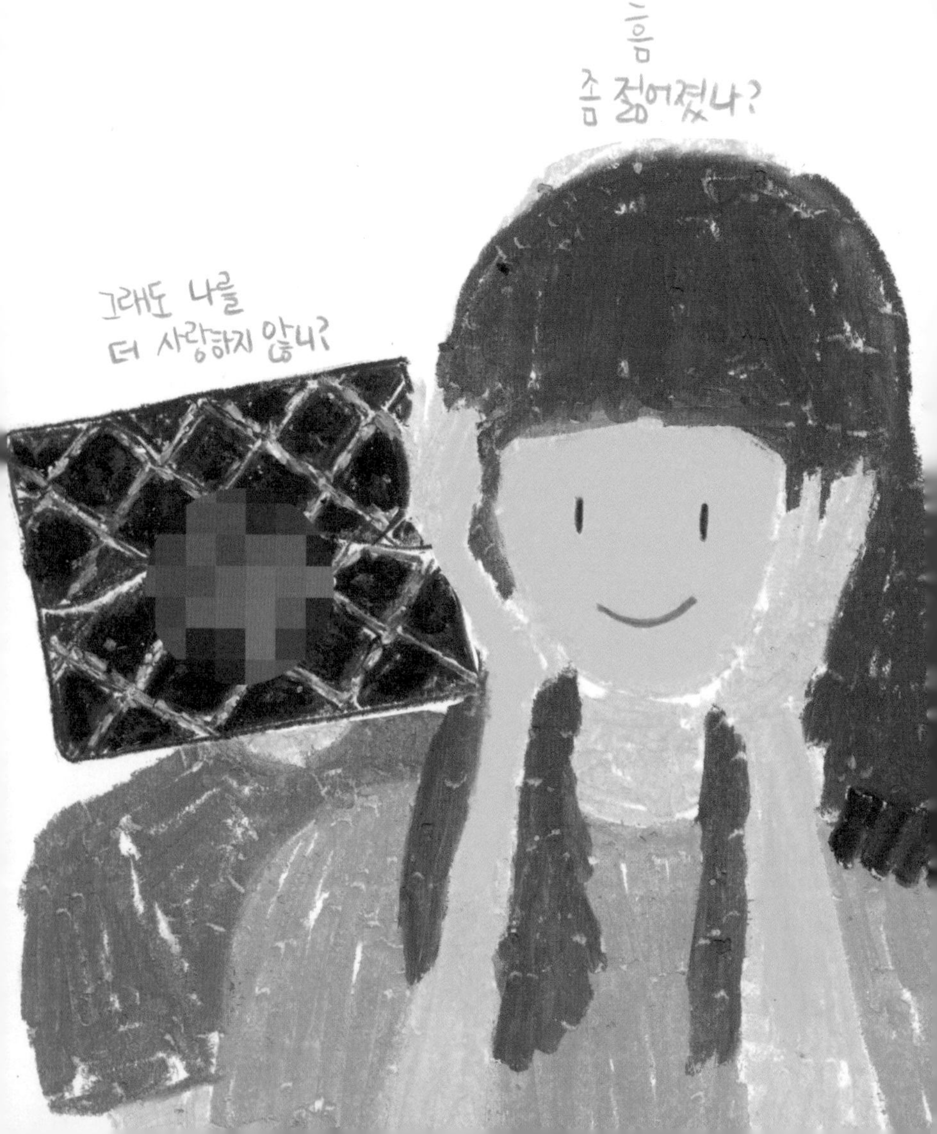
흠
좀 젊어졌나?
그래도 나를
더 사랑하지 않니?

나도 안티에이징 시술을 한 번 받아보기는 했다.
먼저 받았던 친구의 효과를 보고 눈이 동그래지도록 놀라
홀린 듯 얼결에 예약을 했었다.
효과가 참으로 마음에 들었지만
그럼에도 또 할 생각은 없다.
'차라리 그 돈으로 샤넬 가방을 하나 더 사지'
라는 이유 때문이다. >.<

무엇에 돈을 쓰는가를 아는 것은

내가 어떤 사람인지를 깨닫는 가장 빠른 길이 아닐까.

소비의 맛

요즘은 '가성비'나 '가심비' '나심비' 같은,
소비 형태에 대한 신조어가 많다.
어디에 가치를 누느냐에 따라
가성비를 따질 수도 있고
가심비나 나심비를 중요하게 여길 수도 있다.

가성비는 가격 대비 성능을 의미한다.
예를 들자면 자라, H&M 같은 스파 브랜드의 경우
디자인과 퀄리티가 최고로 훌륭하다기보다는
그 가격에 비해 디자인과 퀄리티가 좋다는 의미다.
즉, 가성비는 가격이 중요한 요소다.

가심비는 가격 대비 심리적 만족도를 의미한다.
가격이 아니라 만족이 중요한 요소다.
기업들이 브랜딩을 하며 이미지 메이킹을 중요시하는 이유는
가심비 때문이라고 할 수 있다.

나심비는 오로지 나의 심리적 만족이 중요한 요소다.
제품이나 서비스의 가격이 얼마인지는 중요하지 않다.
원하는 것에는 돈을 아끼지 않는 것이다.
이런 신조어가 등장한 배경에는
과거와 달라진 소비문화가 있다.

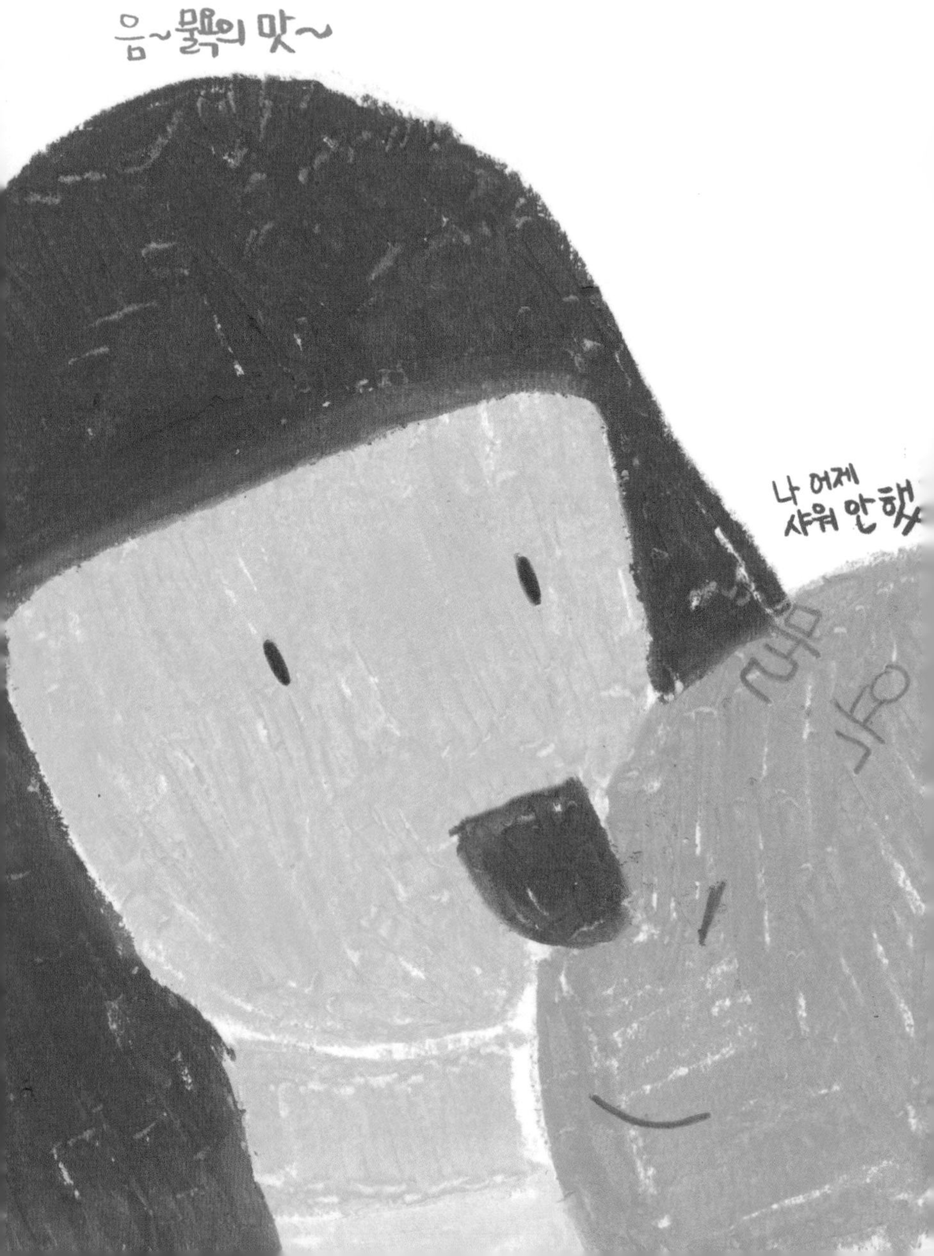
음~물욕의 맛~
나 어제
샤워 안 했어

부모님 세대는 '지금 아껴야 나중에 잘산다.'
요즘 젊은 세대는 '지금을 즐기는 게 잘사는 것이다.'
일에 대해서도 이전 세대는 '참고 버텨야 해.'
오늘날의 우리는 '워라밸!'
이처럼 가치를 두는 중심이 달라졌다.

가치는 시대에 따라서도 달라지지만
동시대를 사는 사람들 사이에서도 차이가 난다.
저마다 가치를 두는 부분이 다르다.

나의 소비 성향은 나심비에 가깝지만
실제 생활에서는 가성비를 따진다.
하지만 패션에서만큼은
최고의 품질, 최고의 만족을 추구한다.
그리고 그것을 얻기 위해 노력하는 과정은 나에게 희열을 준다.
소비의 맛은 아찔할 만큼 달콤하다.

집심비

나는 집착하는 것,
과하게 좋아하는 것,
그 안에서 최고의 가치를 추구한다.

머리와 마음이 한뜻을 이뤄 내가 집착하는 것을 추구하고,
거기서 만족을 느끼는 것.
나는 이런 행위를 '집심비'라고 부른다.
진심을 다해 집착을 해서
마침내 이루어내는 소비의 희열!
노력 없이 이루어지는 것은 없으며,
노력이 통했을 때,
행복도 얻을 수 있다.

머리와
마음이 한 뜻이
될 때

모든 소비가 가치 있지는 않다.
소비의 가치를 결정하는 건 언제나 '가치 있는 삶'이다.

6장

우리는 모두
조금씩 이중적이다

나의 이중성

나는 이중적인 인간이라고 말할 수 있다.

성실하지만, 방탕하고
소박하지만, 사치스러우며
현명하지만, 미련하다.

나는 시간을 낭비해선 안 된다고 생각한다.
인간의 삶은 길지 않고,
사는 동안 우리는 더 많이 느끼고 경험해야 한다.
그것이 허무한 인생을 의미 있게 사는 길이라고
믿는 나는 게으르게 퍼져 있는 걸 좋아하지 않는다.
돈은 탕진해도 시간은 탕진해선 안 된다는 게 내 신조다.

하지만 나는 방탕하다.
내 욕구를 채우는 데 물불을 가리지 않는다.

그럼에도 나는 소박하다.
나는 부귀영화를 바라지도 않고 명예도 원하지도 않는다.
나의 가족 그리고 사랑하는 사람들이
건강하고 행복하기를 바랄 뿐이다.
그것보다 중요한 것은 없다!!

나는 (내 생각에) 현명하다.
일찍부터 내가 잘하는 일과 못하는 일을 알아차렸고,
그래서 아트디렉터가 되어 경력을 쌓아왔다.

잘하지 못하는 일은 재빨리 포기했다.
그래야 인생을 낭비하지 않을 수 있으니까.

그리고 나는 미련하다.
살아오면서 어떤 난제가 닥쳐도 현명하게 이겨냈지만,
물욕 앞에서만은 너무 쉽게 무너져버리기 때문이다.

잘하는 것, 좋아하는 것만 하기에도
인생은 너무 짧다.

스모키 화장의 숨은 진실

사람들은 내가 피도 눈물도 싸가지도 없고
양육에는 더더욱 관심이 없고 노는 것만 좋아하는
방탕한 아줌마로 보인다고 한다.
아마 그 이유의 8할은 스모키 화장에 있을 것이다.

딸이 초등학교에 갓 입학했을 때였다.
학부모 모임에 나가 맥주를 마셨다.
다들 기분 좋게 취해 있는데 한 엄마가 다가오더니 내게 말했다.
"너, 내가 딱 싫어하는 스타일이야.
너무 세게 보여. 너 싸가지 없지?"
다행히 난 취하지 않았기 때문에 위기를 모면할 수 있었다.
"어머, 언니~ 제가 그래 보였어요? 아마 눈 화장 때문인가 봐요."

직장에 다니던 때는 밤샘 근무를 하면서도
스모키 화장을 사수했는데
하루는 몸이 피곤해서 고민 끝에 생얼로 출근을 했다.
내 얼굴을 본 팀장님은 크게 걱정을 하셨다.
"저런, 몸이 너무 안 좋아 보이네. 집에서 쉬지 그랬어."
스모키 화장의 위력이 이렇게나 크다.
스모키 화장을 시작한 이유는
크지 않은 눈에 대한 콤플렉스 때문이지만,
무엇보다, 여리고 겁 많은 내 자신을 숨기고 싶어서였다.

눈 화장을 짙게 하면
내가 강해진 기분이 들고 자신감이 생긴다.

겉보기엔 '센 언니'지만 실은
약해빠졌다는 증거가 아닐 수 없다.

창과 방패를 쥔 듯
용기가 생긴다

다덤뼈

자린고비 1

자린고비 : 인색한 사람을 낮잡아 이르는 말.
절약을 하기 위해 생선을 천장에 걸어두고 보면서 밥을 먹었다는
이야기에서 유래했나.

알고 보면 나도 은근히 자린고비다.
좋아하는 브랜드의 패션 아이템들을 사기 위해
다른 면에선 엄청나게 검소한 생활을 하기 때문이다.

인터넷에서 쇼핑을 할 때는 배송비가 무료가 되도록
결제 금액을 꽉 채운다.
음식을 배달시킬 때는 배달 앱을 두 개 열어놓고
같은 가게의 배달비를 비교한 후
배달비가 적은 곳에서 주문을 한다.
아무리 먹고 싶은 메뉴가 있어도
배달비가 비싼 곳은 주문을 하지 않는다.
이처럼 적은 금액도 아끼는
철저한 자린고비의 소비를 하고 있다.
물론 지름신에 접신하면 그 순간 이성의 끈을 놓고
한 번에 크게 지른다는 치명적인 단점이 있지만 말이다.

자린고비 2

다시 자린고비 이야기를 떠올려보자.
이야기 속 주인공은 절약하기 위해
생선을 천장에 걸어둔 채 눈으로 맛보며 밥을 먹었다.

나도 비슷한 행동을 할 때가 있다.
나는 내가 꼭 득템을 하지 않더라도
내 주변의 누군가가 득템을 하면,
엄청난 대리만족을 느낀다.
그 사람이 득템한 물건을 쳐다만 봐도
내가 득템한 양 배부른 느낌이다.
그래서 다른 사람의 쇼핑에 동행하는 것을 좋아한다.

사실 나는 옷을 너무 좋아하기 때문에 꼭 사지는 않더라도,
한 번 입어보는 것만으로도 큰 만족감을 느낀다.
글을 좋아하는 사람들이 책을 다 구매해서 읽는 것이 아니라
도서관에 가서 이것저것 읽어보는 것처럼 말이다.

나는 참 선량하고 현명한 자린고비라고 할 수 있다.

ㅋㅋㅋ

절약의 부작용

자린고비 하니 생각나는 사람이 있다.
바로 우리 아버지다.
아버지는 불필요한 소비를 용납하지 않으신다.
예나 지금이나 외출할 때는 모든 불을 끄고
전기 코드까지 싹 다 뽑으신다.

가족 여행으로 라스베이거스에 간 적이 있는데
공항에까지 슬롯머신이 있는 그 도시에서
도박을 1도 안 한 사람들은 우리밖에 없을 것이다.
도박에 돈을 쓴다는 건, 아버지에게는 결코 있을 수 없는 소비다.

그런 아버지 밑에서
어떻게 나 같은 딸이???
혹시, 철저한 절약의 부작용으로
나 같은 딸이 나온 건 아닐까?!!!

뼛속까지 노력형

"세상에서 너처럼 부지런한 사람은 처음 봐."
나를 오래 봐온 사람들이 하나같이 하는 말이다.
잠시도 가만히 있지를 못하는 성격 때문에
없는 일도 만들어서 자꾸만 하기 때문이다.
아무도 시킨 사람이 없는데,
혼자서 동동거리며 하루를 꽉 채워 보낸다.
혼자 애쓰며 뭔가를 하고 있다가도 문득
'내가 왜 이 고생을 하며 이걸 하고 있지?'
라는 생각이 들면 현타가 오기도 하지만,
그렇기 때문에 이렇게 글도 쓰고 그림도 그리고
일도 하고 놀기도 하고 아이도 키우고 쇼핑도 하고
내가 원하는 걸 다 할 수 있는 게 아닌가!

겉보기엔 아무 걱정 없이 만날 천 날 즐겁게 노는 것 같아도
사실 나는 뼛속까지 노력형 인간이다.
일에서만은 범생이 모드로 꾸준하게 노력한다.
물 위에 떠 있는 모습만 보면 세상 우아하고 여유롭지만
수면 아래에서는 미친 듯이 발을 놀리고 있는 백조 같다고나 할까.

세상은 돈을 함부로 쓰지 말라고 훈계하지만,
나는 떳떳하게 말할 수 있다.
그 행복을 누리려고 이렇게 일벌처럼 열심히 일해왔다고.

나는야 비지비

하도 '쎄' 보여서 여왕벌처럼 보일지 모르지만,
나는 일벌에 더 가깝다.
태어날 때부터 죽는 순간까지 끊임없이 일을 하는 일벌.
로열젤리와 프로폴리스를 만드는 일벌.

내가 여왕벌보다는 일벌에 가까운 사람이라서 다행이다.
하찮고 평범해 보여도 가장 중요한 존재이기 때문이다.
불로장생의 명약인 꿀을 만드는
세상 소중한 존재니까 말이다.

일벌처럼 바쁘게 열심히 산 오늘도
행복한 하루였다.

존버

하루하루 최선을 다하지만
애쓰는 만큼 결과가 나오지 않을 때는 지치기도 한다.
직업상의 일에서도 그렇고
아이를 키우는 일에서도 그렇다.
하도 지쳐서 그냥 나가떨어지고 싶을 때도 있다.

어쩌면 인생이란
'人生'이 아니라 '忍生'인지도.
다른 말로, 존버라고 표현할 수 있겠다.

커다란 바둑판에 온 마음을 다해
바둑돌을 하나하나 놓고 있는 느낌이랄까.

7장

집착하거나
혹은 집착하지 않거나

집착과 물욕

물욕 : 재물을 탐내는 마음.

시전적 의미는 그렇지만,
물욕이라는 건 재물뿐만 아니라
내가 집착하고 있는 모든 것에 대한
욕심이라고 할 수 있다.
그렇다면 집착이란 무엇일까?

집착 : 어떤 것에 늘 마음이 쏠려 잊지 못하고 매달림.

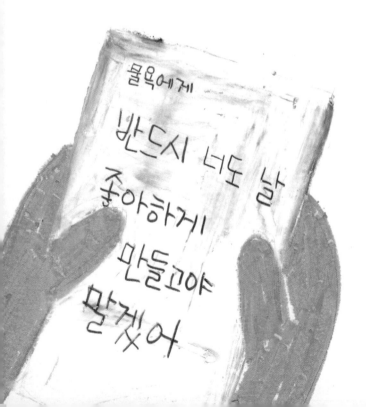

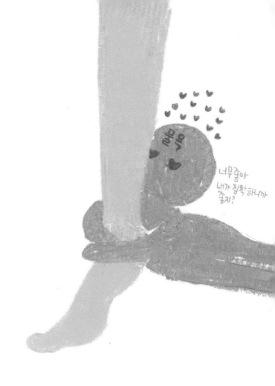

마음이 확 쏠려 있고
그래서 도무지 잊지를 못하고
온 힘을 다해 매달리는 것,
그렇다면 결국 나는
집착하는 것이 있기 때문에
열심히 살고 있는 게 아닐까.

나에게 물욕이란
인생을 멈춤 없이 달리는 데
꼭 필요한 필수 에너지 같은 것이다.

오늘에 집착할 뿐

불혹을 넘긴 친구들끼리 만나면
젊은 날에 대한 이야기가 자주 등장한다.
나이 드는 게 슬프고
젊은 날이 그리운가 보다.
그래서 '청춘'과 '향수'에 대한 드라마나 영화는
대부분 인기가 많은 것인가.

친구들은 내게도 묻는다.
"젊었을 땐 어땠어? 그립지 않아?"
그럴 때면 한~참을 생각해야 한다.
그러다 나오는 대답은
"기억이 안 나."

젊은 날을 떠올리면
이상하리만큼 딱히 기억나는 순간이 없다.
재미없는 인생을 살았냐고?
그건 아니다.
학창시절부터 사회초년생 시절까지
내 인생은 매 순간이
너무 재미있는 드라마였고 예능이었다.
그때의 나는 나의 '오늘'에 최선을 다했다.
지금도 나는 나의 '오늘'에 집착한다.

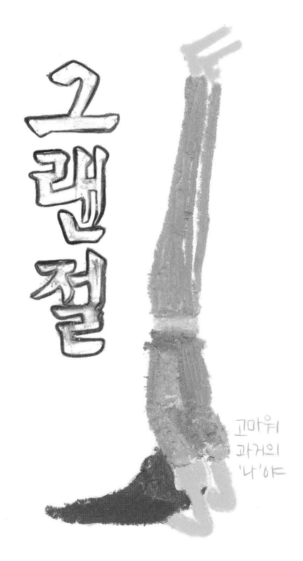

그랜절

고마워
과거의
'나'야

젊은 날에 대한 미련이 전혀 없는 이유다.
나이가 들어가는 것에 대해서도
별 감흥이 없다.

미래의 나도 지금의 나에 대해
미련이 없을 것 같다.
주어진 오늘에 최선을 다했기 때문에
미련이 있을 리가 없다.

과거에 집착했던 것들이
지금의 나를 만들었고,
오늘 집착하고 있는 것들이
미래의 나를 만들어갈 것이다.

#JIMOOTD

어떤 노래를 들으면 혹은 어떤 향기를 맡으면,

그날의 분위기가 떠오른다.

같이 있던 사람들, 함께 나눈 이야기, 내가 느낀 김징…….

입었던 옷 또한 그날의 기억을 상기시켜준다.

그래서 OOTD*를 그리기 시작했다.

OOTD는 내가 집착하는 것들 중 하나다.

매일의 기록으로서의 OOTD.

마음에 들어 박제하고 싶은 OOTD.

나의 취향을 공유하기 위한 OOTD.

취향이 통하는 사람들의 '좋아요'를 받을 수 있는 OOTD.

* OOTD는 '오늘의 옷차림(Outfit Of The Day)'이라는 뜻으로,
그날의 착장 사진을 소셜미디어에 업로드하는 일이다.

cial

togaarchives

rochas

vetements_official

maisonr

jimo_project

delvaux

ne

cosstores

celine

z

uchtalker

chanelofficial

ba

miumiu

nike

converse

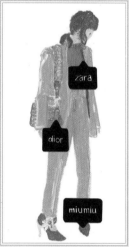

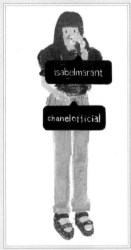

#JIMOOTD라는 해시태그를 통해
나의 일상을 기록하고 공유하는 즐거움!

기브 앤 기브 앤 기브

내가 집착하면서도 집착을 놓으려고 하는
유일한 존재는 바로 우리 딸이다.

딸과의 관계에서 내가 가장 집착하는 부분은
딸의 소소한 일상 속에 엄마로서의 내 역할이 꼭 포함되는 것,
그렇게 잔잔하게 스며들어 없어서는 안 될 존재로 남는 것이다.
글로 쓰니 좀 섬뜩하긴 하지만 ^^;;
딸아이가 양육의 목표지점인 독립에 이를 때까지,
스스로 살아갈 준비를 하는 데
최선을 다해 돕겠다는 의미이기도 하다.

또 하나 유난히 집착하는 부분은
(어이없을 수도 있지만) 딸의 피부와 스타일링이다.
대부분의 중학생은 외모에 부쩍 신경을 쓰던데
희한하게 내 딸은 외모에 관심이 전혀 없다.
너무 궁금해서 물어보니,
엄마가 알아서 잘 챙겨주기 때문에 자기는 신경을 안 써도 된다나.

내가 딸에게 요구하는 것이 있다면
예의 지키기와 자기 일은 스스로 알아서 하기 정도다.
그 외에는 기대하는 것도 바라는 것도 없다.

나에게 딸은 '기브 앤 테이크'가 아니라
'기브 앤 기브'의 대상이다.
주고, 주고, 또 주고,
내 모든 것을 주어도 아깝지가 않다.

나는 그저 딸을 바라볼 뿐.
무엇에 기뻐하고 무엇에 슬퍼하는지 살필 뿐이다.

사랑과 집착

처음에 나는,
딸아이에 대한 집착이 컸다.
딸에 대한 과한 애정은 집착을 낳았고,
나는 딸아이가 나처럼 살기를 원치 않았다.
3년간 엄마 아빠와 떨어져 살았던 나의 유년시절은
수십 년 후 공황장애로 나타났고,
사람들에게 인정받기 위해
나는 스스로를 힘들게 하는 삶을 살았다.
너무나 사랑하는 딸만큼은
나처럼 살게 하고 싶지 않았다.
하지만 딸과의 '밀당'을 통해
나의 집착이 독이 된다는 사실을 깨닫고
욕심을 내려놓았다.
그러자 딸을 훨씬 더 잘 이해할 수 있게 되었고
훨씬 더 사이 좋게 지낼 수 있었다.

관계

원래는 집착했으나 이제는 집착하지 않는 것들 중에는
'인간관계'가 포함돼 있다.
예전에는 진심을 다하면 내가 좋아하는 사람들과의 관계도
잘 유지될 거라고 생각했다.
그때는 모든 인간관계는 필연적으로
상처를 동반한다는 사실을 알지 못했다.

관계를 위한 세 문장
집착하지 말기, 기다리기, 들어주기

이 선을 넘어가도 되는 것인가?

딱 감긴 만큼만 가!
더 다가가지는 마!

내가 진심으로 좋아하고 믿는 사람과의 관계에서는
욕심과 집착이 생길 수밖에 없다.
그럴수록 거리를 조금 두고, 어떤 기대도 하지 않으며,
너무 애쓰지 않아야 한다.
그래야 더 잘 지낼 수 있다는 것을 이제는 잘 안다.

큰 탈 나기 전에

뭐든 한 번 꽂히면 불도저처럼 밀어붙이고
경계 또는 한계가 어디인지 모른다.
그러니 상처를 받을 수밖에.

일하는 과정에서 상처받고,
인간관계에서 상처받고,
잘해내겠다는 의욕 과잉 때문에
나 자신에게 상처를 받았다.
내가 즐길 수 있는 선에서 최선을 다하면 되는데,
나의 몫이 아닌 부분까지 예민하게 신경 쓰며
안달복달 애를 쓰다 보니 스트레스가 많았다.

그 과정들을 통해 깨달은 것이 있다.
집착해도 될 것과 집착하지 말 것을 구분하자!
부려도 될 욕심만 부리자!
안 그러면 꼭 탈이 났으니 말이다.

Q. 행복의 반대말은?

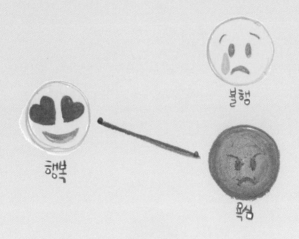

행복은 내가 가질 수 없는 것까지 탐낼 때 깨진다.

행복의 반대말은 불행이 아니라 과욕이다.

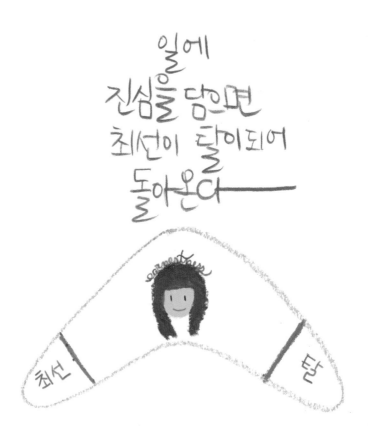

일에서든 관계에서든 최선을 다하되
마음을 과하게 담는 것을 경계할 것.

나의 마음을 주더라도,
너의 마음을 돌려받기를 바라지 말 것.

때로는
잔심이 가려지는
최선

물욕만큼이나 내게 징글징글하게 붙어 있는
또 하나의 욕구는 바로 '일욕'이다.
그저 최선을 다해 노력하면 되는 줄 알았는데
내가 감당할 수 없는 수준까지 밀어붙이다 보니
병이 나곤 했다.

그래서 일에 대한 욕심과 집착을 내려놓기로 결심했다.
이게 다 먹고살자고 하는 일인데 아프면 무슨 소용인가.
새로운 사업자를 등록하며 'Everything is Awesome Today'라고
네이밍을 한 것도 그런 마음에서였다.
Everything is Awesome Today는
'오늘 나의 일상은 완벽하게 행복해'라는 뜻이다.
하지만 머리글자만 읽으면 'EAT'가 된다.
결국 이 모든 건 잘 먹고 잘 살자고 하는 일이 아닌가!

8장

무소유 vs. 풀소유

자본주의가 낳은 괴물?

'자낳괴'는 '자본주의가 낳은 괴물'의 줄임말로
돈을 위해서는 어떤 일도 마다하지 않는다는 뜻의 신조어다.
나 역시 돈을 벌기 위해 어떤 일도 마다하지 않는다.
못하는 일 빼고는 다 하고 있다.

정신줄 유지 비용을 감당하려면
비지비(busy bee)를 자처할 수밖에 없다.

이 '비지비지한' 일상에 대한 보상으로 나는 쇼핑을 하는데,
또 그 쇼핑 비용을 감당하려면 비지비로 살아야 한다.
계속 돌고 돈다, 일의 굴레도, 소비의 굴레도.
그런데 나는 그게 또 지겹지가 않다. ㅋㅋㅋ

소비에
최적화된
탕진형 인간

오늘도
지갑
터는중

놀부의 놀라운 진취성

중학생 조카의 국어 교과서를 보다가
흥부와 놀부에 대한 해석이 예전과 달라져 있어
깜짝 놀랐다.

내가 어렸을 때만 해도
흥부는 선하고 도덕적이며 피지배층인 약자였고
놀부는 악하고 탐욕적이며 지배층인 강자였는데,
요즘 흥부는 소극적이고 무능력하며 전근대적 인간이고
놀부는 적극적이고 진취적인 자본주의적 인간이 되었다.

자본주의에서 '자'는 '재물 자(資)', '본'은 '근본 본(本)'이다.
한 마디로 돈이 최고라고나 할까.

사실 돈보다 진실한 것은 없다.
사회에서 나의 실력은 언제나 연봉으로 환산되지 않던가.
스카우트가 되어 회사를 옮길 때
나로서는 합리적이지만 상대로서는 무리한
연봉 요구가 받아들여졌더랬다.
내 가치가 증명된 것 같아
누구보다 적극적으로 즐겁게 일할 수 있었다.
누가 나에게 "흥부가 될래, 놀부가 될래?"
묻는다면 나의 대답은 언제나 같을 것이다.

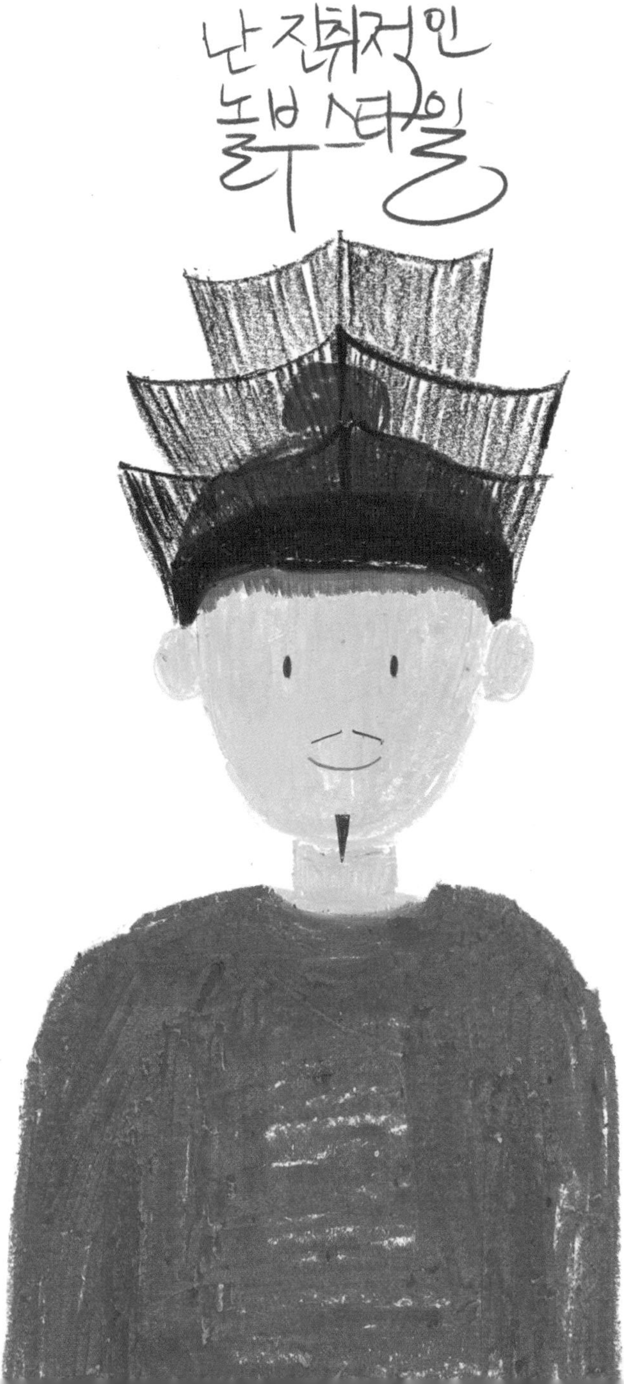
난 진취적인
놀부 스타일

소비의 순기능

정말이지 돈은 진실하다.
누군가 나에게 돈 쓰기를 아까워한다면,
그에게 나는 정녕 가치 있는 존재일까?

누군가에게 감사의 선물을 할 때도
선물 가격은 고마움에 비례한다.
꼭 정비례하진 않더라도
반비례하지 않는 건 분명하다.

나는 고마운 마음이 드는 이에게
물질로 보답을 한다.
말로 표현할 수도 있지만
말만으로는 충분하지 않다.
물질로 확실하게 보답해야
상대방도 내 진심을 확실하게 알게 된다.

나를 스카우트했던 분이
내가 요구하는 까다로운 조건들을 맞춰주시느라
회사와 나 사이에서 몇 달이나 고생을 해주셨다.
덕분에 나의 요구는 100% 받아들여졌고
감사한 마음에 손편지와 함께 명품 클러치 백을 선물했다.
나의 진심이 전달되어

받는 분도 드리는 나도 행복했다.

그래서 나는 사랑하는 사람들의
생일을 당사자보다 더 기다린다.
생일을 핑계로 고마운 마음을
물질로써 표현할 수 있기 때문이다.

사실은 생일을 핑계로 쇼핑을 하고 싶은 걸지도. ㅋㅋㅋ

물욕 그 잡채

나의 일상은 일(광고)을 하거나 글을 쓰거나
그림을 그리거나 가정을 돌보는 일이 전부다.
하지만 그 안에 엄마로서, 아내로서, 대표로서, 작가로서의 역할에서
파생되는 다양한 활동들이 있다.
그리고 이 모든 연결고리의 중심에는 물욕이 있다.

우선, 물욕은 나로 하여금 시각디자인을 전공하게 했으며
졸업 후 광고회사의 아트디렉터로 일하게 했다.
내 일은 작업의 결과물이 소비자에게
어떤 반응을 어떻게 일으키는지가 중요하기 때문에
그에 대한 감각을 키울 필요가 있었다.
20년 가까이 일을 하는 동안,
미적 감각은 발전을 거듭할 수밖에 없었다.

그러다 보니 자연스레 그림을 그리고 글을 쓰는 게 취미가 됐다.
그림일기는 딸과의 관계를 기록하기 위해 시작했지만,
친구를 만나러 나갈 때 한껏 치장한 내 모습을 기록하기에 이르렀고,
이제는 OOTD로까지 진화하여
나의 패션에 대한 열정과 스타일링에 대한 즐거움은 더더욱 커졌다.

이렇게 톱니바퀴처럼 잘 맞물려 열심히 돌아가고 있는 내 인생.
그 한가운데에 떡 하니 자리를 차지하고 있는 건 물욕이다.

그렇게 즐겁게 또 열심히 그리고 쓰고 기록하면서
일을 하는 데도 많은 영감을 얻었고 생각지도 않았던 책까지 내게 됐다.

이쯤 되면 나의 전부가 물욕 아닌가.
아니, 내가 물욕 그 자체일지도. ㅋㅋㅋ

삶이 버거울 때

물론 나도 삶이 버겁게 느껴질 때가 있다.
특히 모드 전환이 어려울 때 그렇다.
내가 맡은 각각의 역할에 충실하려면
그때그때 상황에 맞춰 모드를 전환해야 한다.
그런데 예열에 시간이 너무 오래 걸린다.
스위치만 누르면 휙 하고 모드가 바뀌었으면 좋겠다.

결승점을 향해 온 힘을 다해 뛰고 있는데
누군가 다급한 목소리로 방향을 바꾸라고 소리친다고 해서
순식간에 방향을 바꿀 수 있는 건 아니다.
일단 멈춰야 하고, 몸을 틀어야 하며, 다시 달려나가야 한다.

내 머릿속엔 쉴 새 없이 돌아가는 모터가 있는데
모드를 전환하려면 억지로 멈춰 세우고 다시 돌려야 한다.
그게 빨리빨리 안 될 때 나는 좀 버겁다.

무소유의 의미

"아무것도 갖지 않는다는 것이 아니다.
불필요한 것을 갖지 않는다는 것이다.
우리가 선택한 맑은 가난은 부보다 훨씬 고귀한 것이다."

무소유의 삶을 산 법정 스님의
《산에는 꽃이 피네》중 한 구절이다.

풀소유의 삶을 사는 나와는
상관없는 이야기 같지만,
본질이 무엇인지를 잊지 않으려면
마음에 깊이 새겨야 할 구절이다.

불필요한 것을 갖지 않는다는 건
물건에만 해당되는 이야기가 아닐 것이다.
꼭 필요한 것만 갖는다는 건
껍데기가 아니라 알맹이를,
부수적인 것이 아니라 핵심적인 것을,
드러나는 현상이 아니라 이면에 숨겨진 본질을
잊지 말아야 한다는 뜻 아닐까.

가끔 내가 산 물건들을 보며,
저 물건들이 없으면 더 행복할까, 너 후련할까 묻는다.
아직은 아니다.
그러니 우리 조금 더 함께하자.

나에게 주어진 일을 열심히 하는 것
친구들과 만나 수다 떠는 것
예쁘게 옷을 골라 입고 외출하는 것
술에 진하게 취해 흥청망청 밤을 보내는 것
사랑하는 딸과 손잡고 외출하는 것
딸 옆에 누워 딸이 좋아하는 유튜브 채널을
같이 보며 깔깔대는 것
'개딸램'과 동네를 산책하는 것
골이 띵해질 정도로 시원한 아아(아이스 아메리카노)를 마시는 것
때론 입천장을 델 정도의 뜨아(뜨거운 아메리카노)를 마시는 것
나의 참새 방앗간에 가서 이것저것 입어보고 쇼핑을 하는 것
아니, 아이쇼핑뿐이라도 좋아.

아파서 3주를 누워 있는 동안,
내가 좋아하는 것들에 대해 써본 글이다.

앞으로도 나는,
내가 사랑하는 것들을 사랑하고
내가 집착하는 것들에 집착하며 살고 싶다.
그럴 때 나는 제일 행복하니까.

책 속 부록
[맥시멀리스트의 '맥시멀' 리스트]

다양한 물건에 저마다의 추억을 저장하는 나에게
물건이라는 것은 단순히 물질로서의 의미를 넘어
'기억 저장소'와 같은 역할을 한다.
다양한 물건을 소비하고 경험해본 내가 추천하고 싶은,
그리고 나에게 특별한 의미가 있는 물건들을 소개한다.

1
내 돈 내산
추천템 리스트

스킨케어

내 피부는 악건성인데 초 예민해서 자극에 취약해 아무거나 바르지 못한다. 병원에서 판매하는 기초제품만 사용하다가 3년 전인가, 친구가 선물로 줘서 우연히 써본 '트릴로지 오일'. 피부 속 건조가 잡히고, 피부장벽도 건강해진 느낌이 들었다. 뉴질랜드 브랜드로 오가닉 인증을 받았고, 가격도 2만 원대로 합리적이다.

아이라이너

스모키 아이 메이크업에서 가장 중요한 건 번지지 않아야 한다는 것. 항상 판다처럼 화장이 번져 낭패였는데, 샤넬의 '스틸로 이오 워터프루프 아이라이너'를 사용한 후로는 번질 걱정 없이 또렷하고 과하지 않은 아이 메이크업을 할 수 있게 됐다. 특히 '20번 에스프레소'인 진갈색 컬러로 스모키 아이라인을 그리면 은은하면서도 과한(?) 느낌의 아이 메이크업을 완성할 수 있다.

와인

1만 원이 안 되는 데일리 와인도 즐기지만, 집에서 즐기기에 가장 좋은 와인은 캘리포니아 나파밸리에 있는 와이너리의 '브레드 앤 버터'다. 그중에서도 피노누아와 샤도네이를 추천한다. 피노누아는 레드 와인이고 샤도네이는 화이트 와인인데, 둘 다 바디감, 산미, 탄닌 모두 적당히 어우러져 있다. 이름처럼 보터리한 바닐라향이 입안을 부드럽게 감도는 맛이 좋다. 오크향도 살짝 있다.

크레파스

내가 제일 좋아하는 그림 도구는 크레파스다. 컴퓨터나 태블릿 같은 디지털 기기로도 크레파스 질감의 효과를 낼 수 있다. 하지만 아날로그 특유의 감성이 살지 않아 번거롭더라도 나는 질감이 살아있는 두께감 있는 종이에 크레파스로 그림을 그리고, 스캔해서 디지털화한다. 전문가용 오일파스텔, 크레용 등 다양한 도구가 있지만, 나는 문방구에서도 파는 '동아 크레파스'를 가장 좋아한다. 종이에 점착되는 정도, 기름진 정도가 딱 내 스타일이다. 아이들이 사용하는 저렴한 미술 도구라는 편견이 있지만, 저렴하다고 해서 후진 게 절대 아니다!

떡볶이

서울의 웬만한 떡볶이는 다 먹어봤다고 자신하는 내가 꼽는 떡볶이 top3는 아차산 떡볶이, 신사시장 떡볶이, 애플하우스 떡볶이이다. 맵지만 단짠이 조화로운 아차산 떡볶이. 단맛이 강하지만 부드럽고 쫀득한 식감의 신사시장 떡볶이. 즉석 떡볶이로 둘째 가라면 서러울 애플하우스 떡볶이. 매일 먹어도 질리지 않을 맛이다.

다이어트 보조제

예전에 엄마가 그러셨다. 나이 마흔부터는 매년 1kg씩 몸무게가 증가한다고 말이다. 어릴 때는 와 닿지 않는 얘기였는데, 요즘 들어 실감이 난다. 먹는 양은 늘지 않았는데도 몸이 무겁고, 최근엔 몸무게가 2kg이나 불었다. 나는 살이 잘 찌지 않는 체질이었다. 이뇨작용과 배변활동이 뛰어나서라고 스스로 자신했는데, 이제는 화장실 가는 횟수도 줄었다. 그래서 다이어트 보조제를 먹기 시작했다.

논알코올 맥주

전정신경염으로 술을 한 모금도 입에 대지 못하던 때, 논알코올 맥주와 논알코올 와인을 종류별로 다 사서 마셔봤다. 논알코올 와인은 하나같이 포도주스보다 못한 밍밍한 음료수 맛이었고, 논알코올 맥주도 맥주의 대용이 될 수는 없다는 사실에 절망했다. 그러다 뒤늦게 '논알코올 하이네켄' 맥주를 만났다. 맥주 맛 음료수일 뿐이지만, 맥주와 가장 흡사한 맛이다.

양말

계절을 가리지 않고 대부분 양말을 신는다. 한여름에도 스타일링을 위해 양말을 신고, 옷의 컬러에 맞춰 양말을 매치하는 것도 좋아한다. 무채색의 옷에도 컬러풀한 양말을 신으면, 유니크한 느낌이 된다. 옷이 다양하지 않다면, 양말로 포인트 스타일링을 하는 것을 추천한다.

비타민

건강에 자신하던 나도 마흔이 넘어서부터는 영양제를 먹기 시작했다. 루테인, 밀크씨슬, 비타민, 오메가3, 프로폴리스 등 다양하게 챙기지만, 특정 브랜드를 선호하지 않는다. 그때 그때 세일하는 제품을 구매해 먹는 편이다. 단, 비타민만큼은 '오쏘몰'을 챙긴다. 피곤하고 지치는 날에 이 비타민을 먹으면 반짝하고 힘이 솟는 기분을 느끼기 때문이다.

손 소독제

코로나19로 손 소독제는 필수품이 됐다. 대부분의 손 소독제는 알코올향이 강해서 악성 건조로 사계절 내내 주부 습진을 달고 사는 내 손에는 맞지 않는다. '탬버린즈'는 알코올향이 강하지 않고, 발랐을 때 쓰라린 느낌이 없어 애용한다. 병풀 추출물이 함유돼 있어 소독과 동시에 보습 효과도 있다고 한다.
향이 좋아 핸드크림처럼 사용할 수도 있다.

2.
애정템 리스트

가방 1

샤넬의 웬만한 가방은 다 들어봤지만, 시즌 백보다는 스테디 라인을 사는 것을 선호한다. 시즌 백은 그 시즌에만 나오는 가방이므로 몇 년만 흘러도 유행이 지난 느낌이 들기 때문이다. 특히 내가 가장 애정하는 가방을 하나 고른다면 샤넬의 '걸 백'. 트레이닝복에도, 캐주얼한 치마에도, 포멀한 재킷에도 어떤 스타일에도 찰떡같이 어울린다. 무엇보다 가볍고 물건을 많이 넣을 수 있어서 좋다.

가방 2

사실 나는 대중의 큰 인기를 끄는 핫한 아이템을 선호하지 않는다. 유행을 타기도 하고, 남들과 똑같은 걸 하고 싶지 않기 때문이다. 발렌시아가 가방 중 가장 유명한 '모터 백'은 들고 다니다가 팔아버렸다. 그런데 여러 해 동안 들고 있는 이름조차 모르는 이 발렌시아가 가방은 할인 매장에서 우연히 발견했는데, 너무나 가볍고 물건 수납도 좋아서 샤넬의 걸 백과 함께 나의 최애 가방이다.

향수

대학생이 되었던 그해, 생일선물로 받은 샤넬의 '넘버5' 향수. 여자라면 꼭 써봐야 하는 향수라며 엄마가 선물로 주셨다. 엄마는 소녀 감성이 있는 분이 아니신데 웬일인지 그때엔 나에게 특별한 의미를 담아 향수 선물을 해주셨다. 이제는 다 쓰고 공병만 남았지만 여전히 소중히 간직하고 있다.

귀고리 1

수년 전 디올 귀고리가 한창 유행하던 시절, 나는 디올 귀고리를 취미처럼 사 모았다. 그중에서도 큰 사이즈의 이 링 귀고리는 내 최애템이었다. 최근에 링 귀고리가 다시 유행하길래 착용했더니, 주변에서 너도나도 "언제 또 샀어?"라고 묻는 게 아닌가. 요즘 애정템으로 '떡상'한 아이템이다.

귀고리 2

아마 한쪽 귀고리의 무게가 거짓말 조금 보태 1kg은 될 것이다. 독특한 디자인에 끌려 산 이자벨마랑의 귀고리로 너무나 사랑하고 아끼는 아이지만, 이 귀고리는 한 번 하려면 큰 맘을 먹어야 한다. 귀가 찢어지는 느낌이 들 정도로 무겁기 때문이다. 1년에 한 번씩 큰 맘 먹고 하는 연간 아이템이다.

귀고리 3

근 15년간 한 번도 하지 않았지만, 수많은 귀고리 중 가장 애정하는 아이다. 결혼 전 남편이 나의 사수였던 시절, 생일 때 준 첫 선물이기 때문이다. 나는 그때 이미 알았다, 남편이 나에게 마음이 있다는 것을 말이다. 남편은 절대 인정하지 않는다. 내게 관심이 1도 없었다고 발뺌을 하지만, 아니 대체 누가 관심이 1도 없는 후배한테 생일선물로 샤넬 귀고리를 준단 말인가?

벨트

스타일링을 위해 다양한 소품을 활용할 수 있지만, 나는 특히 벨트를 잘 활용한다. 원피스에도, 재킷 위에도, 바지에도, 치마에도, 심지어 트레이닝 바지에도, 밋밋한 느낌을 채우는 데 벨트만 한 아이템이 없다. 같은 컬러의 벨트라 해도 버클과 두께에 따라 다른 느낌이 난다.

임신테스트기

피부에 트러블이 생겨 피부과에서 약을 처방받아 약국에서 약을 받는데, 그때 약사님이 임신 계획이 있다면 절대 먹어선 안 된다는 하셨다. 불임클리닉에 다녀야 한다는 얘기를 들었던 때라 임신은 생각조차 못 했는데, 그날따라 이상하게 약사님의 말이 귀에 꽂혔다. 그리하여 얼떨결에 임신테스트기를 샀다. 그리고 임신테스트기에 뜬 두 줄! 지금은 누렇게 변해버렸지만 절대 버릴 수 없는 소중한 물건이다.

뱅글

남편이 오랜 기간 유럽 출장을 다녀오면서 선물이라며 마카롱 한 박스를 내밀었다. 내심 서운했지만 티 내지 않으려고 고마운 척을 했는데, 그게 표정에 고스란히 드러났는지 남편이 웃음을 빵 터트리며 감춰뒀던 오렌지색 박스 하나를 내밀었다. 그 박스에는 뱅글이 예쁘게 담겨 있었다. 이 뱅글을 보면 남편과 함께 행복했던 추억이 떠오른다.

쟈니 옷

얼마 전 자기 옷장을 정리하던 딸이 웃으며 나를 불렀다. "엄마, 이게 뭐야? 옛날 내 옷들이 왜 아직 여기다 들어 있어?" "정리를 안 한 게 아니고, 일부러 안 버린 거야! 잘 넣어둬." 딸이 태어나 처음 입었던 배냇저고리부터, 나이대별로 예쁘게 입었던 옷이나 신발은 버리지 않고 다 간직하고 있다. 그 나이 때의 딸의 모습이 담겨 있어 너무나 소중하다.

커플템

남편과의 커플템은 질색하지만, 딸과의 커플템은 너무 사랑한다. 이제는 내 사이즈가 꼭 맞을 정도로 딸아이가 훌쩍 커버렸지만, 딸이 어렸을 때 커플로 샀던 아이템들은 너무 소중해서 간직하고 있다. 귀마개, 신발, 옷 등 수없이 맞췄던 모녀의 커플템! 나중에 딸이 아이를 낳아서 이 모든 커플템을 커플로 맞춰도 예쁠 것 같다.

카드 지갑

예전에는 지폐가 구겨지지 않고 빳빳하게 유지되는 느낌이 좋아서, 그리고 온갖 사진과 메모들을 다 넣어 다닐 수 있어서 장지갑을 선호했다. 그런데 이제는 가방에 물건을 적게 넣는 게 좋아서 카드 지갑을 선호한다. 휴대전화를 결제를 하는 세상이지만, 나는 여전히 그림은 손으로, 시간은 시계로, 결제는 지갑으로 하는 아날로그적인 감성이 좋다. 특히 이 카드 지갑은 잃어버리고도 다시 돌아온 일이 두번이나 있어서 더욱 애정한다.

진주 목걸이

진주 목걸이는 내 스타일이 아니다. 그럼에도 내 애정템 리스트에 있는 이유는, 재미난 기억 때문이다.

신혼여행에서 우리 부부는 조폭 같은 느낌의 한국인 가이드를 만났다. 그런데 그분이 일정을 마치고 한국으로 돌아오는 공항에서 우리에게 트렁크 하나를 맡기셨다. 여행사 한국 지사 직원들에게 전달해달라는 부탁과 함께. 그리고 나에게 답례라며 진주 목걸이 하나를 손에 쥐어주셨다. 우리 부부가 너무 귀여워서 주는 선물이라면서 말이다. 대리 마약 배달을 시키는 범죄가 유행하던 때라, 나는 걱정을 하며 트렁크를 건네받았다. 물론 별 일은 없었다. 그 트렁크 안에는 현지 아웃렛에서 구매한 폴로 옷가지들이 들어 있었다. 나는 한동안 목걸이의 존재를 잊고 지내다, 한참 후 금은방에 가서 진주의 진위 여부를 물어봤다. 그런데 가짜일 줄 알았던 진주가 진짜라는 게 아닌가!

이렇게 큰 선물을 준 그분을 외모가 무서워 보인다는 이유로 오해를 한 것이다. 아직도 이 목걸이를 보면 신혼여행의 추억이 생각나 피식 웃게 된다.

신발

'족발 신발'이라고 불리는 '타비'는 호불호가 갈리는 디자인이지만, 신어보면 왜 내가 이 신발을 가장 애정하는지 알 수 있다. 신어도 신은 것 같지 않은, 침대로 비유하면 흔들리지 않는 편안함이 있다. 너무 가볍고 편한데, 유니크한 족발 디자인이 평범함을 없애준다. 구두 같으면서 구두 같지 않아서 트레이닝복에도, 치마에도, 바지에도 찰떡같이 잘 어울리니 이 신발에 자주 손이, 아니 발이 간다.

반지

반지를 좋아하지만 (대체 내가 안 좋아하는 아이템
이 있나 싶지만) 특히 이 올드한 누런(!) 금반지를 가
장 좋아하는 이유는, 할머니에게 물려받은 것이기
때문이다. 할머니 집에서 수다를 떨고 있는데, 할머
니가 갑자기 손에 낀 반지를 스윽 빼시며 "너 해"라
고 툭 던져줬던 반지. 보통은 내 스타일이 아니라 "괜
찮아, 할머니 해"라며 거절을 했는데, 왠지 그날은 반
지가 너무 예뻐 보여 냉큼 받아왔다. 이제는 이 세상
에 안 계신 우리 할머니의 따스한 온기가 남아 있는
이 반지가 그 어느 반지보다 소중하고 귀하다.

핸드크림

악건성인 나에게 핸드크림은 365일 절대 없어서는
안 될 머스트 해브 아이템이다. 나는 여러 개의 핸드
크림을 번갈아 쓰는데, 핸드크림마다 향이나 질감이
달라 기분 전환이 되기 때문이다. 핸드크림은 어떤
브랜드를 선호하기보다는 대부분 선물받은 걸 쓴다.

향수

나는 향기에 민감해서 향수를 무척 좋아한다. 하나
의 향수보다는, 여러 개의 향수를 레이어드해 뿌린
다. 그날의 기분에 따라 두세 개씩 섞어서 뿌리면 '나
만의 향'이 있는 것 같아 기분이 더 좋아지는 효과가
있다.

물욕 다스리기

어헛!
똑바로
손들어!

힝...

소비로 점철된 나날에 대한 기록

오늘도 물욕과 밀당 중입니다

제1판 1쇄 인쇄 | 2022년 12월 16일
제1판 1쇄 발행 | 2022년 12월 23일

지은이 | 지모
펴낸이 | 오형규
펴낸곳 | 한국경제신문 한경BP
책임편집 | 윤효진
저작권 | 백상아
홍보 | 이여진 · 박도현 · 하승예
마케팅 | 김규형 · 정우연
디자인 | 지소영
본문 디자인 | 디자인 현

주소 | 서울특별시 중구 청파로 463
기획출판팀 | 02-3604-590, 584
영업마케팅팀 | 02-3604-595, 562   FAX | 02-3604-599
H | http://bp.hankyung.com   E | bp@hankyung.com
F | www.facebook.com/hankyungbp
등록 | 제 2-315(1967. 5. 15)

ISBN 978-89-475-4870-0   03810